Un corazón de oro

LEIGH MICHAELS

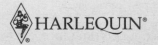

HARLEQUIN®

Editado por HARLEQUIN IBÉRICA, S.A.
Hermosilla, 21
28001 Madrid

I.S.B.N.: 84-671-1436-3
Depósito legal: B-47117-2003
Editor responsable: M. T. Villar
Diseño cubierta: María J. Velasco Juez
Fotomecánica: PREIMPRESIÓN 2000
C/. Matilde Hernández, 34. 28019 Madrid
Impresión y encuadernación: LITOGRAFÍA ROSÉS, S.A.
C/. Energía, 11. 08850 Gavá (Barcelona)
Fecha impresión Argentina:5.9.04
Distribuidor exclusivo para España: LOGISTA
Distribuidor para México: CODIPLYRSA
Distribuidores para Argentina: interior, BERTRAN, S.A.C. Vélez
Sársfield, 1950. Cap. Fed. / Buenos Aires y Gran Buenos Aires,
VACCARO SÁNCHEZ y Cía, S.A.
Distribuidor para Chile: DISTRIBUIDORA ALFA, S.A.

CAPÍTULO 1

CUANDO Gina entró al restaurante se sintió aliviada al ver que había llegado unos minutos antes. Siempre era de mala educación hacer esperar a un invitado, pero en ese caso además habría sido estúpido. Tenía solo una oportunidad, y si el plan no funcionaba ese día, no lo haría nunca. Así que aprovechó los minutos que le sobraban para repasar mentalmente sus notas.

El maître la miró con recelo.

—¿Prefiere esperar en la barra, señorita Haskell, o en la mesa?

—En la mesa. Mi compañera llegará enseguida. ¿Conoce a la señorita Garrett, Anne Garrett?

El hombre contestó fríamente:

—Claro que conozco a la editora del periódico local, señorita Haskell —no la acompañó a la mesa, sino que chasqueó con los dedos y apareció un subordinado, que lo hizo en su lugar.

«Una pregunta idiota», pensó Gina. Con ella había dejado claro que no se estaba moviendo en su ambiente, un restaurante de primera clase.

Aunque había vivido en Lakemont la mayor parte de su vida, nunca había estado en El Arce. Mientras se sentaba echó una mirada rápida a su alrededor. El comedor era grande, pero las mesas estaban bastante separadas y no había demasiadas. La distancia entre unas y otras y el hilo musical contribuían a que, aunque quisiera, no pudiera escuchar la conversación de quienes se sentaban más cerca de ella.

La decoración parecía haberse tomado del nombre del restaurante: en una pared había varias fotografías de árboles y hojas. Las paredes y la alfombra tenían el color verde de las hojas jóvenes, mientras que en las mesas se exhibían los colores del otoño, con servilletas rojas y manteles dorados. El efecto era sensacional.

Al fondo de la habitación había un piano, cerca de una pequeña pista de baile, y en uno de los laterales del comedor estaba la barra, cuya superficie de madera, seguramente de arce, estaba tan pulida que brillaba.

Para ser la hora de comer, la barra estaba extrañamente tranquila. De hecho, solo había un hombre sentado en un taburete, en el extremo de la barra que quedaba más cerca de la mesa de Gina. El hombre golpeó su vaso vacío con el índice y el camarero lo retiró. Después se giró y miró a Gina directamente a los ojos.

Ella sintió que se ponía colorada. Era uno de los riesgos de ser pelirroja, aunque en ese caso no había ninguna razón para avergonzarse. No lo había estado mirando, había sido pura coincidencia que sus miradas se cruzaran. Ella no estaba siendo grosera, pero no podía decir lo mismo de él, porque el hombre no apartaba la vista de ella. El hombre inclinó un poco la cabeza hacia atrás, entornó los ojos y apoyó un codo en la barra mientras seguía mirándola.

A Gina le entraron ganas de acercarse y dejar claro que no lo había estado mirando, pero eso habría sido darle más importancia a un hecho que en realidad no tenía ninguna.

Abrió la carta que el camarero le había dado, pero no consiguió fijar la vista en ella. Era como si después de haber visto al hombre de la barra no pudiera concentrarse en nada más. Desdobló la servilleta y la colocó en su regazo, recordándose que era mejor que aprovechara esos minutos para repasar la presentación que iba a hacer.

Pero no pudo. Sus sentidos estaban en alerta roja porque el hombre aún la estaba mirando. Aunque no levantara la vista sabía que la miraba.

«Bien», se dijo. «A este juego también pueden jugar dos». Apartó la carta, puso los codos en el borde de la mesa, apoyó la barbilla en las manos y le devolvió la mirada. Tuvo que admitir que el hombre no desentonaba con el ambiente ni con la decoración. Por la manera de sentarse en el taburete, con un pie enganchado en uno de los travesaños y el otro descansando en el suelo, dedujo que era alto. Y en cierta manera era atractivo, con el cabello negro azulado, la mandíbula pronunciada y una nariz altiva. Pero a ella nunca le habían interesado los hombres morenos con aspecto de depredadores.

Gina se preguntó por qué la miraba tanto. Seguramente no miraría de esa manera a todas las mujeres, aunque ellas tampoco apartaran los ojos de él.

Sin dejar de mirarla, el hombre hizo un gesto con la mano para que le volvieran a llenar el vaso y después lo elevó, como si estuviera haciendo un brindis.

«Bien, Haskell, esto no está saliendo como tú esperabas. ¿Y ahora qué?».

El hombre se inclinó como si se fuera a levantar. Gina se puso tensa. «Si viene hacia aquí…».

A su lado, el maître se aclaró la garganta y Gina se sobresaltó. La silla se balanceó, la servilleta cayó al

suelo y la carta se enganchó con el borde de su cha-
queta y también cayó al suelo. El hombre del bar debía de estar disfrutando del espectáculo. Pero, afortunadamente, la mesa estaba ladeada y en ese momento
no podía verla.

El maître agitó nerviosamente una mano para que
un ayudante recogiera la carta y le diera a Gina una
servilleta limpia. Después agarró una silla para la
acompañante de Gina.

–La señorita Garrett –dijo cuidadosamente.

Anne Garrett le tendió la mano:

–Hola, Gina, me alegro de verte de nuevo –miró al
maître y añadió secamente–: Gracias, Bruce, ya me
las puedo arreglar sola.

El maître la miró con escepticismo, pero se retiró.

–Lo siento –dijo Gina–. Normalmente no soy tan
torpe.

«Y no voy a mirar a la barra», se dijo a sí misma.
«Pero me pregunto de qué color son sus ojos».

–La mirada diabólica de Bruce haría que hasta
San Pedro se sintiera culpable –murmuró Anne–.
Siempre me he preguntado cuántos camareros duran
una semana sin sufrir una depresión nerviosa. Siento
decirte que solo tengo una hora antes de volver al periódico para asistir a una de esas horribles reuniones.
Si te parece pedimos primero y después me cuentas
de qué se trata.

Gina sintió un nudo en la garganta. Una hora no
era suficiente pero, por otra parte, si no lograba
convencer a Anne Garrett en una hora, tampoco podría hacerlo en una semana. Pidió una ensalada casi
al azar, dio un sorbo a su té helado y comenzó a hablar:

–Primero tengo que darte las gracias por reunirte

conmigo. Para mí es muy importante tu opinión, ya que eres una experta en lo que se refiere a Lakemont.

–Tampoco es para tanto. Yo nací aquí, pero tú también eres una experta, ¿no?

–Pero no es lo mismo, no tengo tus contactos.

–Dime qué es lo que quieres de mis contactos.

Gina sintió ganas de estrangularse a sí misma. No había sido un comentario muy hábil.

–Es sobre el museo –dijo suspirando–. Bueno, ¿sobre qué otra cosa podría ser? Tú misma te interesaste en él cuando lo visitaste hace un par de semanas.

–Claro que me interesa, es un pequeño museo lleno de historia.

–De eso se trata –Gina se pasó una mano por la nuca. El hombre de la barra debía de seguir mirándola–. Lakemont y el condado de Kerrigan se merecen algo más que un pequeño museo. Está tan abarrotado de cosas que ya no tenemos espacio. La semana pasada nos ofrecieron las vidrieras de la iglesia de St. Francis, que seguramente demolerán pronto. Pero no tenemos una nave lo suficientemente grande donde guardarlas, y mucho menos donde exponerlas.

El camarero apareció con las ensaladas. Anne echó salsa en la suya y preguntó:

–Estás pidiendo una donación para… ¿qué? ¿Para reformar una sala para las vidrieras?

–No exactamente –Gina tomó aire–. Eso sería un comienzo, pero quiero reformar todo el museo.

Anne Garrett arqueó las cejas.

–¿Quieres decir construir un edificio nuevo?

–No, no. ¿Un edificio nuevo para el museo de historia? Sería anacrónico.

–El edificio actual debe de tener unos ciento cincuenta años.

Gina Asintió con la cabeza.

–Y el museo ha estado ahí desde el principio. No habría sido un museo de no ser por Essie Kerrigan, que no solo fundó la Sociedad Histórica del condado de Kerrigan, sino que la mantuvo en pie durante años sin ningún tipo de ayuda. Sus bienes constituyeron el núcleo de la colección, puso de su propio dinero cuando el presupuesto no era suficiente, y su casa ha terminado albergando el museo. Dedicó toda su vida a crearlo y cuidarlo.

–Pero ahora Essie ya no está, y tú eres la directora, así que puedes hacer lo que creas que es mejor –contestó Anne.

Gina sonrió irónicamente.

–No pensaría en un edificio moderno. El fantasma de Essie lo rondaría, y si se viera rodeado de chapas y molduras de pino barato no sería un fantasma feliz. Además, ¿dónde podría construirse un edificio nuevo? Un museo de historia tiene que estar en la zona histórica, no en los suburbios, y eso significa cerca del centro.

–Cerca del lago, donde el terreno es escaso y caro.

–Exacto.

–Entonces, si no quieres un edificio nuevo, ¿en qué estás pensando? Mis hijos y yo tuvimos una tarde muy agradable en el museo, no puedo imaginar qué es lo que hay que cambiar.

Gina dejó el tenedor en la mesa y se inclinó hacia delante.

–Me alegro de que disfrutaras de la visita pero, ¿volverías otra vez? No, no respondas ahora. En un par de horas se puede ver todo lo que hay expuesto.

A menos que tengamos más espacio, salas para cambiar las piezas, no veo ninguna razón por la que deberías visitarlo otra vez. ¿Volverías?

Anne suspiró.

—No a corto plazo.

—De eso se trata. El museo necesita ampliarse, o morirá.

—¿De qué tipo de expansión estás hablando? —Anne Garrett parecía indecisa.

Gina vaciló. Tal vez sería más sensato bajar un poco el listón aunque, si lo hacía, siempre se preguntaría si podría haberlo hecho mejor. Y el museo sufriría las consecuencias. No podía dejar que eso ocurriera.

—Quiero reformar todo el edificio —dijo con firmeza—. Lo único que hemos hecho durante años ha sido parchear. Por ejemplo, hemos arreglado el tejado, pero hay que cambiarlo. También quiero reestructurar el interior para tener galerías de verdad en vez de sitios estrechos en los que casi no cabe una vitrina.

—No sé si a Essie le gustaría.

—Bueno, no creo que le encantara —admitió Gina—. Pero sabía lo que pasaba, siempre decía que era una pena que no tuviéramos más espacio y una iluminación mejor. Y seguridad, por supuesto. No tienes ni idea de lo difícil que resulta vigilar a todos los visitantes.

Anne sonrió irónicamente.

—Me pareció encantador tener una guía particular que nos lo enseñó todo. Se llama Eleanor, ¿no? Nunca pensé en ella como un guardia de seguridad.

Gina se maldijo por su falta de tacto.

—No nos gusta pensar que los voluntarios son

guardas de seguridad. Pero la seguridad es un problema, porque siempre nos falta personal. También me gustaría construir un par de alas nuevas para tener más espacio para galerías.

—¿Dónde? —preguntó Anne incrédula—. No hay sitio.

—Bueno, no necesitamos un patio trasero, ni una entrada para coches —Gina apartó un trozo de aceituna negra con el tenedor—. Y por cierto, quiero dejar claro que no te estoy pidiendo el dinero.

—Es un alivio —murmuró Anne.

—Pero voy a tener que recaudar fondos, y esperaba que tuvieras algunas ideas.

—Y quieres contar con el apoyo del periódico cuando empieces la campaña, supongo.

—Eso también —admitió. Si el *Chronicle* estaba dispuesto a aprobar la ampliación del museo, sería mucho más fácil conseguir el dinero.

Anne removió la lechuga con aire distraído y Gina se quedó quieta, casi sin respirar. No quería interrumpir a Anne mientras pensaba. La sensación de ser observada no había desaparecido. Varias veces había tenido que pasarse la mano por la nuca, como para apartar un insecto… o una mirada molesta. No podía aguantar más, tenía que mirar. Si aún estaba ahí sentado mirándola…

Pero la barra estaba vacía, la sensación de ser observada debió de haber sido una ilusión. A pesar de que había deseado que dejara de mirarla, se sentía un poco decepcionada.

Decidió no terminarse la ensalada y echó un vistazo a su alrededor. Su mirada se detuvo en dos hombres que estaban sentados en una mesa cercana. Después de todo no se había ido, solo se había cambiado de sitio. Y por supuesto, en cuanto lo vio, él se giró y la miró, como si los ojos de Gina hubieran sido un imán.

No pudo soportarlo más y dijo bruscamente:

–¿Quién es el hombre que está sentado en esa mesa, frente a la chimenea?

–Hay dos hombres en la mesa.

–El que parece un águila.

–¿El que parece qué?

–Ya sabes, orgulloso, duro y en busca de una presa.

Anne enarcó las cejas.

–Bueno, no es una mala descripción, sobre todo en lo que se refiere a la presa. Pensé que lo conocerías, porque es un primo o un sobrino de Essie. Se llama Dez Kerrigan.

Gina conocía el nombre. A Essie le encantaba la genealogía, y ella había aprendido muchísimo de las distintas ramas de los Kerrigan. Pero nunca había conocido a ese hombre. Y había algo más que debería recordar, algo que Essie había dicho. Recordaba claramente a Essie haciendo el comentario porque casi había sido malicioso, y ese no era su estilo. Pero no podía recordar qué había dicho.

–Eso es interesante –murmuró Anne–. ¿Por qué lo quieres saber?

«Eres una idiota», pensó Gina. «¿Cómo puedes llamar tanto la atención? Ahora hay una periodista que se pregunta por qué estás fascinada por ese hombre…».

–Simple curiosidad. ¿Eso es lo interesante, que el sobrino de Essie esté comiendo aquí?

–No. Con quién está comiendo –Anne dejó la servilleta sobre la mesa–. Lo siento, Gina, pero tengo que volver al periódico.

–Entiendo que no quieras comprometerte ahora mismo, pero…

–Pero quieres saber cuál es mi opinión. Muy bien. Creo que estás pensando a una escala muy pequeña.

–¿Muy pequeña? –preguntó Gina sorprendida.

Anne asintió con la cabeza. Sacó una tarjeta y garabateó algo por detrás.

–Por cierto, el domingo por la noche voy a dar un cóctel. Puedes conocer a algún posible donante en terreno neutral y evaluarlo antes de empezar oficialmente a pedir dinero. Esta es la dirección. Y ahora tengo que irme… pero asegúrate de leer el periódico por la mañana.

Antes de que Gina pudiera preguntar qué tenía que ver el *Lakemont Chronicle*, Anne se había ido.

Gina solía madrugar, pero esa mañana se despertó antes del alba, esperando con impaciencia el sonido del coche del repartidor de periódicos. Siempre se había sentido segura en ese lugar, aunque al vecindario, que antes había sido una zona exclusiva, lo estaba rodeando el desarrollo comercial e industrial. Había vivido en lugares peores.

¿Qué podría haber tan importante en el periódico? ¿O tal vez era el modo de Anne Garrett de despedirse, dándole publicidad al periódico? Seguramente no.

Gina se preparó una taza de café instantáneo y se sentó junto a la ventana del salón, que daba a la fachada del edificio de ladrillo. En su tiempo el edificio había albergado a una sola familia con sus criados, pero años atrás se dividió en pisos de alquiler. El apartamento de Gina había sido los dormitorios de la familia.

Le gustaba el apartamento, la amplitud que proporcionaban los techos altos. Además, estaba cerca del trabajo. El Museo Histórico del condado de Kerrigan estaba solo a tres manzanas, así que Gina no necesitaba un coche. Y eso era bueno, porque no había sitio donde aparcar excepto en la entrada del museo, y con un poco de suerte esa entrada desaparecería pronto bajo una nueva galería.

«Estás pensando a una escala muy pequeña», había dicho Anne Garrett. Para Anne era fácil decir eso, el *Chronicle* tenía muchos recursos. Era cierto que el espacio que se podía ganar no era lo suficientemente grande como para construir las galerías espaciosas y aireadas que le habría gustado tener. Pero si ampliaban la parte trasera de la casa, techando todo el jardín… Seguirían sin tener espacio para objetos como las vidrieras de St. Francis.

Por supuesto, dejarían la fachada principal como la construyó el abuelo de Essie, Desmond Kerrigan. También sería criminal destruir el porche abierto y la torre. Mientras la ampliación en la entrada de coches no arrollara la fachada del edificio, todo iría bien.

Desmond Kerrigan no había sido el primero en la familia en ir a Lakemont, y el condado no había tomado el nombre de él. Pero había sido el primero en sacar ganancias de las inversiones y por eso, cuando construyó su casa en lo que entonces era la zona más exclusiva de Lakemont, no escatimó en gastos. Hizo un edificio sólido y fuerte, pero el siglo y medio había pasado factura. El ladrillo rojo se había oscurecido por el humo y los gases, y las numerosas granizadas habían roto y agrietado el tejado de pizarra.

En los últimos años de su vida Essie Kerrigan no había tenido la suficiente energía para ocuparse de esas cosas, y el mantenimiento del edificio era uno de los trabajos que había asumido Gina cuando ocupó el puesto de Essie como directora del museo. Y ya que tendrían que recaudar fondos para la restauración, ¿por qué no aprovechar y ampliarlo al mismo tiempo?

Essie también se había dado cuenta de que había que ampliar el museo, aunque no le gustaba la idea de añadir alas modernas a su querida casa antigua. Gina se preguntó qué pensaría Dez Kerrigan, y no porque tuviera algo que decir sobre lo que hacía la dirección del museo. La casa había sido de Essie, y en el testamento había dejado claro cuáles eran sus intenciones, pero Gina suponía que las otras ramas de la familia también tendrían sus opiniones.

Tal vez Dez Kerrigan sabía quién era ella, y por eso la miraba fijamente el día anterior. No la miraba como mujer, sino como la persona que había terminado quedándose con la casa de Desmond Kerrigan. Seguro que era por eso. Si Dez hubiera conocido sus planes de expansión, no habría estado de acuerdo. Pero no los conocía. Aún estaban en el aire y Gina solo los había comentado con los miembros de la dirección del museo y con Anne Garrett. Ni siquiera habían contratado un arquitecto.

Por otra parte, Gina pensó que la reacción del día anterior no tenía nada que ver con el museo, sino que simplemente Dez Kerrigan era un maleducado.

¿Qué era lo que no podía recordar sobre él? Seguramente no era nada importante, pero si tenía tiempo al llegar al trabajo, miraría en los archivos históricos de la familia de Essie. Essie solía anotar todo tipo de información, hasta el más mínimo detalle, así que tal vez pudiera encontrar algo sobre Dez Kerrigan.

Gina escuchó tres golpes en la puerta principal del edificio. Por fin había llegado el repartidor de periódicos. Salió silenciosamente y bajó para recoger el suyo, que comenzó a ojear rápidamente para ver si algo le llamaba la atención. Después se puso otra taza de café y se dispuso a leer detenidamente cada artículo.

«El ganador de un millón de dólares». Seguramente no donaría el dinero al museo histórico. «El concejal reta al alcalde». Nada fuera de lo común. «Tyler-Royale cierra la tienda del centro de la ciudad. Quinientos puestos de trabajo en juego. Se espera que hoy lo anuncien formalmente». Ese tipo de golpe a la economía de la comunidad no facilitaría la recaudación de fondos para el museo.

Gina pasó la página, luego volvió a ella y se quedó mirando la fotografía del edificio Tyler-Royale. En realidad había dos fotografías, una de un grupo de dependientes junto a una caja registradora antigua, tomada casi cien años atrás, y otra, del día anterior, de los compradores en la entrada principal.

¿Podría Anne haber estado pensando en el edificio Tyler-Royale como la casa que albergara el museo histórico? ¿Por qué no se lo había dicho directamente? Porque el anuncio formal aún no se había hecho, y la editora del *Chronicle* no quería que la televisión local le arrebatara la noticia.

Gina cerró los ojos e intentó visualizar la tienda. Si la memoria no le fallaba, el espacio que tenía era perfecto para albergar un museo, y el atrio central proporcionaría luz natural al interior de cada planta. El almacén era lo suficientemente grande como para exhibir todo lo que ahora había expuesto más los objetos que tenían almacenados. Y podrían contar con una galería para las vidrieras. Además, el edificio estaba en el centro de la ciudad, mucho mejor situado que la casa de Essie, y tenía un aparcamiento justo al lado.

Pero lo mejor de todo, pensaba Gina, era que nadie que estuviera en sus cabales pagaría mucho por ese edificio. Si Tyler-Royale no había tenido éxito en el centro de Lakemont, nadie más lo tendría. No, Tyler-Royale no podía venderlo, pero sí podía donarlo para una buena causa y ahorrarse así un montón de impuestos.

Según el periódico, Ross Clayton, el director ejecutivo de Tyler-Royale, había viajado desde Chicago para anunciar la decisión ante una rueda de prensa a las diez de la mañana. Gina no sabía cuánto tiempo estaría Clayton en la ciudad, así que supuso que la rueda de prensa sería la mejor oportunidad que tendría para hablar con él. Solo necesitaba unos minutos.

No esperaba que él tomara la decisión sin pensarlo, tendría que consultarlo con los demás miembros del consejo directivo. Y aunque estuviera dispuesto a donar el edificio, Gina no podía aceptarlo. No podía imaginarse el jaleo que se organizaría si se presentara ante los otros miembros del museo para decirles que había adquirido un edificio nuevo sin permiso y sin haberlo consultado. Pero una pequeña charla con el director ejecutivo de Tyler-Royale sería suficiente para poner el proceso en marcha. El hombre tendría algo en que pensar y ella vería cómo reaccionaría ante la propuesta.

De camino hacia el centro pasó junto a la casa de

l museo y observó el
de ladrillo rojo. Casi
de las ventanas es-
¬do desde dentro

¬ras de su vida
¬dolescente solía
¬as sobre el con-
¬rsidad pasó sema-
¬ciendo investigacio-
¬er empleo fue el de
onvirtió en su sucesora.
¬ una traidora al querer
llevar el museo a otra parte. El edificio era parte del
museo, siempre lo había sido.

Pero sabía que Anne Garrett tenía razón. Gina no
se había querido enfrentar al problema porque había
dado por sentado que no había otra alternativa. Podrían encontrar soluciones temporales, pero en unos
años, si el museo seguía creciendo, se encontrarían
atascados de nuevo. Y entonces no tendrían espacio
para expandirse, porque el museo estaba rodeado de
casas y comercios.

Si alguna vez el museo debía cambiar de lugar,
ese era el momento, antes de invertir cientos o miles
de dólares en la construcción de un nuevo edificio y
antes de demoler la casa de Essie.

—Está bien —susurró como si la casa pudiera
oírla—. Así es mejor. Seguro que una familia te comprará y te hará hermosa de nuevo.

Cuando Gina entró en la sala de prensa se dio
cuenta de por qué el director ejecutivo había elegido

el hotel de la ciudad para dar el anuncio. El suelo estaba lleno de cables y los focos y las cámaras formaban un semicírculo alrededor del atril en un lado de la sala. Aunque la tienda fuera a cerrar, no tenía ningún sentido montar ese circo dentro de ella y espantar a los últimos clientes.

No era el lugar perfecto para una charla tranquila, pero Gina no tenía otra opción, así que se mezcló con la multitud, observándolo todo. A su lado había una periodista de televisión que esperaba impaciente a que su cámara montara el equipo.

–¿Te quieres dar prisa? Entrará por la puerta que hay a la izquierda del estrado. Asegúrate de que lo grabas, y no te olvides de comprobar el micrófono.

Gina se dirigió a la izquierda del estrado, esperando en la puerta. Cuando esta se abrió respiró hondo y dio un paso hacia delante, con una de sus tarjetas en la mano, para encontrarse con el hombre que se dirigía al atril.

–Señor, ya sé que no es el momento ni el lugar, pero soy de la Sociedad Histórica del condado de Kerrigan y si tiene un minuto me gustaría hablarle de su edificio. Creo que sería un museo maravilloso.

El hombre miró la tarjeta de visita y sacudió la cabeza.

–Si se refiere al almacén Tyler-Royale, me temo que está hablando con el hombre equivocado.

–Pero usted… ¿no es Ross Clayton? Vi su fotografía en el *Chronicle* esta mañana.

–Sí, pero digamos que ya no soy el dueño del edificio.

–¿Lo ha vendido? ¿Tan pronto?

–Es una forma de decirlo.

Gina lo miró más detenidamente y sintió una oleada de inquietud al reconocerlo. Era el hombre que había estado comiendo con Dez Kerrigan el día anterior en El Arce. En ese mismo momento recordó claramente lo que Essie había dicho sobre su sobrino:

–No tiene sentido de la historia –había dicho con un gesto desdeñoso de la mano–. Cuanto más antiguo es el edificio más ganas tiene de echarlo abajo y reemplazarlo por un monstruo de cristal y acero.

Dez Kerrigan era un promotor inmobiliario, eso era lo que debió recordar al escuchar su nombre. Sintió un cosquilleo en la nuca y se giró para ver precisamente lo que esperaba ver. Dez Kerrigan estaba detrás del director ejecutivo de Tyler-Royale.

–Yo soy el propietario del edificio –dijo Dez–. O, para ser más exactos, lo que tengo es la posibilidad de comprarlo. Pero siempre estoy dispuesto a escuchar las ofertas. ¿En su casa o en la mía?

CAPÍTULO 2

GINA no podía creer que le hubiera hecho esa pregunta tan arrogante. Simplemente haberlo sugerido era casi un insulto. Aunque el día anterior lo hubiera mirado en el restaurante, no se había insinuado.

El director ejecutivo dijo:

—Dez, creo que estás pisando un terreno peligroso.

Dez Kerrigan no pareció haberlo escuchado. Miró el reloj y luego otra vez a Gina.

—Ahora estoy un poco ocupado, pero después de la rueda de prensa podemos vernos en su oficina o en la mía. ¿Qué prefiere?

Gina tragó saliva.

—¿Oficina?

—Por supuesto. ¿Qué pensaba que estaba haciendo, invitarla a meterse en mi jacuzzi? —sacudió la cabeza—. Lo siento, pero tendría que conocerla bastante mejor para hacer eso.

Gina se sentía como si estuviera metida en un charco de barro e intentara desesperadamente salir de él. Tenía que hacer algo para volver a inclinar la balanza a su favor, y rápido.

—Yo, en cambio —dijo dulcemente—, estoy segura de que aunque lo conociera mejor seguiría pensando lo mismo de usted.

Se dio cuenta de que sus ojos no eran ni verdes ni

de color avellana, sino una mezcla entre los dos, y cuando brillaban de regocijo, como en ese momento, eran como esmeraldas.

—Supongo que debo sentirme halagado —murmuró—. El deseo a primera vista es un fenómeno conocido, pero...

Aunque Gina sabía que se estaba riendo de ella, no pudo evitar decir:

—No me refería a eso. Estaba intentando decir que no puedo imaginar ninguna circunstancia que me hiciera meterme en un jacuzzi con usted.

—Bien —respondió Dez con firmeza—. Ahora los dos sabemos en qué lugar estamos. ¿Quiere hablar del edificio o no?

Gina sintió ganas de golpearse a sí misma. ¿Cómo podía haberse enfadado tanto?

—Ya que parece que está a punto de comprarlo, no veo por qué podría estar interesado en venderlo.

—No sabe mucho del mercado inmobiliario, ¿verdad? Porque se haya negociado un acuerdo no quiere decir que no se pueda negociar otro. Si cambia de opinión, hágamelo saber —se acercó al estrado mientras Ross Clayton le daba golpecitos al micrófono.

Gina se dirigió a la salida. No tenía ningún sentido quedarse allí, tenía trabajo que hacer, pero la periodista que había visto antes la interceptó al llegar a la puerta.

—¿De qué iba ese enfrentamiento?

—No era nada —dijo firmemente mientras seguía caminando.

Estaba a medio camino del museo y seguía sin ver la parte divertida del asunto. Pero también se sentía algo más aliviada. Por supuesto que estaba defraudada por haber perdido la oportunidad de adquirir un

edificio ideal, pero al menos no había hecho la tontería de poner en marcha el plan antes de haberlo com-
probado. No le habría gustado emocionar al consejo
de dirección del museo para después tener que admitir que su idea no había funcionado.

El director ejecutivo de Tyler-Royale sabía cómo
tratar a la prensa, pensó Dez mientras lo escuchaba
explicar que los quinientos empleados no perderían
su trabajo, sino que pasarían a trabajar a las otras
tiendas de la misma cadena. Los periodistas parecían
tiburones intentando morderlo a cada segundo, pero
Ross conservaba la calma y la educación. Cuando las
preguntas fueron perdiendo interés, Dez se permitió
pensar en otras cosas.

Como en la pequeña pelirroja que los había estado
esperando junto a la puerta. Primero la había visto en
El Arce el día anterior, comiendo con la prensa, y
pensó que era otra periodista. Eso explicaría su manera de mirarlo, casi cínicamente, no con una de esas
miradas femeninas a las que estaba acostumbrado.

Pero se había equivocado. Era de la Sociedad Histórica y quería el edificio. «Creo que sería un museo
maravilloso», le había dicho a Ross.

Dez resopló. Esa mujer no tenía los pies en la tierra, si no, no habría sugerido algo tan ridículo. Su tía
Essie habría hecho lo mismo, por supuesto. Dez recordó que cuando era un niño había visitado a Essie y
había sentido escalofríos, pero también se había quedado fascinado. Una vez encontró un esqueleto hu-
mano en un armario, y su tía le explicó que perteneció al primer médico que ejerció en el condado.

Y eso había sido mucho antes de que la casa se

convirtiera en museo. Dez no había visitado el edificio en los últimos diez años, pero estaba seguro de que su tía había coleccionado muchas más cosas. Al menos la pelirroja parecía tener algo más de sentido común, porque no quería vivir en el museo. Aparte de eso, podría haber sido el clon de Essie.

Sin tener en cuenta el aspecto externo, claro. Essie había sido alta y delgada, mientras que esa mujer era pequeña, de constitución delicada y con curvas en los lugares precisos. Tenía unos enormes ojos de color marrón oscuro, algo raro en una pelirroja. Y también era raro que su pelo hubiera brillado con reflejos dorados bajo los miles de focos de la sala...

—¿Dez? —dijo Ross—. Dejaré que contestes esa pregunta.

Dez se enfrentó con un montón de caras expectantes. ¿Cuál era la pregunta?

—El periodista del *Chronicle* quiere saber los planes que tienes para el edificio —señaló Ross.

«Te debo una, amigo», pensó Dez con gratitud. Al menos era una pregunta fácil. Se acercó al micrófono.

—No me costará mucho explicarlo —dijo—, porque aún no tengo planes.

Los periodistas comenzaron a murmurar incrédulos.

—¿Pretende hacernos creer que ha comprado el edificio sin saber lo que va a hacer con él? —insistió el mismo periodista.

—No he comprado el edificio, sino la posibilidad de comprarlo —especificó Dez.

—¿Qué diferencia hay? No gastaría el dinero a lo tonto. ¿Qué es lo que quiere hacer con el edificio?

Una mujer de un canal de televisión levantó la mano.

–¿Lo va a demoler?

–Todavía no lo sé. Ya se lo he dicho, aún no tengo planes.

–¿No lo sabe o no lo va a decir? –preguntó la mujer, desafiante–. Puede que no quiera decir nada hasta que sea demasiado tarde para que alguien haga algo para salvarlo.

–Déjenme decir algo. El anuncio de que el almacén iba a cerrar también me sorprendió a mí.

–Pero se apresuró a ofrecer el dinero –dijo de nuevo el hombre del *Chronicle*.

–No sería la primera vez que compro algo sin saber qué voy a hacer después.

La periodista de televisión volvió a preguntar:

–¿No es cierto que en esos casos siempre ha demolido los edificios?

–Supongo que sí –Dez recordó rápidamente sus últimos proyectos–. Sí, creo que es verdad. Pero eso no significa… –¿qué había pasado con la pregunta fácil?–. Miren, amigos, les diré lo mismo que le he dicho a la chica de la Sociedad Histórica. Porque se haya negociado un acuerdo no quiere decir que no se pueda negociar otro.

–¿Entonces va a revender la propiedad?

–Puedo planteármelo. Soy un hombre de negocios y consideraré cualquier oferta razonable.

–¿Aunque signifique que haya que conservar el edificio? –preguntó la periodista de televisión.

–Aun en ese caso –Dez se sentía terriblemente irritado. ¡Malditos periodistas! Lo hacían sentirse como si llevara un mazo a cuestas para derribar algo a la mínima oportunidad–. Y hablando de conservar el edificio, voy a hacer una advertencia. Que nadie me diga lo que tengo que hacer con él a menos que tenga el dinero para respaldar sus ideas. No voy a ser amable con quien se entrometa en mis negocios y me diga qué tengo que hacer con mi propiedad si es mi dinero el que piensan gastar en el proyecto. Creo que eso es todo.

Los periodistas se dieron cuenta de que habían llegado al límite antes de entrar en zona peligrosa y empezaron a salir de la sala, mientras los técnicos apagaban los focos y recogían los cables.

En la antesala detrás del escenario Ross Clayton se detuvo y sonrió a Dez.

—Gracias por desviar el tema de qué va a pasar con mis empleados —dijo—. Después del reto que acabas de lanzar, los lobos estarán demasiado ocupados merodeando a tu alrededor como para comprobar lo que yo he dicho.

Esa misma tarde Gina sacó los planos de la casa de Essie del armario del ático donde solían estar y se los llevó a su casa. Aunque no era ninguna experta, podían ocurrírsele algunas ideas para la ampliación del museo. Pero cuando desenrolló los planos sobre la mesa de la cocina, se sintió muy desanimada. Por la mañana había encontrado la solución perfecta. Una solución ideal y sensata. Pero después había aparecido Dez Kerrigan y ella tuvo que volver a empezar desde cero.

En un principio la casa de Essie había sido la única en la manzana. Desmond Kerrigan la había situado de manera que quedara el máximo espacio para un jardín en la parte trasera y la había construido mirando al este. Pero a lo largo de los años sus descendientes habían ido vendiendo pequeños trozos de terreno, tanto del jardín como de los dos laterales de la casa, donde se construyeron residencias más pequeñas. Como resultado la mansión Kerrigan se vio rodeada de otros edificios, manteniendo solo una pequeñísima zona verde frente a la fachada y algunos restos del antiguo jardín.

No era suficiente, pensó Gina, pero era todo con lo que podían trabajar. Sujetó las esquinas de los planos con el correo que había recibido ese mismo día para seguir estudiándolos mientras se preparaba algo de cena. Tal vez se le ocurriera una idea brillante que solucionara el problema. Por ejemplo, ¿y si en vez de construir únicamente sobre el jardín también excavaban y añadían un nivel subterráneo?

Una buena idea, pero ¿podrían trabajar con maquinaria pesada en un espacio tan reducido? Y sería muy arriesgado excavar justo al lado de un edificio que tenía más de cien años. Gina volvió a enrollar los planos y encendió la pequeña televisión que tenía junto a la cocina. Seguramente las noticias serían menos deprimentes que sus propios pensamientos, pero cuando apareció la imagen, vio una fotografía del almacén Tyler-Royale.

−... y la próxima semana el almacén comenzará a liquidar las existencias −informó la periodista, la misma que había estado junto a Gina en la sala de prensa.

El presentador sacudió la cabeza con tristeza.

−Es una pena. ¿Se sabe qué pasará con el edificio, Carla?

−Esa fue una de las preguntas que se le hicieron al señor Kerrigan en la sala de prensa pero contestó que aún no tenía planes. Sin embargo, dio a entender que está negociando algún tipo de acuerdo con el museo de la Sociedad Histórica del condado.

A Gina se le cayó la cuchara de madera en la sartén y el aceite caliente le salpicó el dedo índice. Automáticamente se lo llevó a la boca. La periodista continuó:

–La conservadora del museo, Gina Haskell, asistió a la rueda de prensa, pero se negó a hacer ningún comentario...

Gina la miraba sin poder creer lo que estaba oyendo.

–¡No me negué a hacer comentarios! –protestó–. ¡Solo dije que no pasaba nada!

–... y lo único que afirma el presidente de la Sociedad Histórica, con quien acabo de hablar, es que sería un crimen destruir ese monumento histórico.

Gina puso los codos en la encimera y dejó caer la cabeza entre las manos. Habían llamado a su jefe, el jefe a quien ella no se había molestado en informar de los acontecimientos del día porque su brillante idea no había funcionado.

–Sí que sería un crimen –comentó el presentador.

La periodista asintió con la cabeza.

–Sin embargo, un acuerdo como ese sería una primicia para Dez Kerrigan. Hoy admitió que nunca ha conservado ningún edificio.

–Mantennos informados sobre los esfuerzos de la Sociedad Histórica para conservar el edificio, Carla –dijo el presentador.

–¿Qué esfuerzos? –gruñó Gina.

El teléfono sonó. Lo miró con recelo, pero sabía que tenía que enfrentarse con el presidente de la Sociedad. El problema era que no lo culpaba por estar furioso con ella. Por lo menos no le había dicho a la periodista que todo eso era nuevo para él.

Pero no era su jefe. La voz que escuchó al otro lado de la línea era sonora, cálida… y arrogante.

–La ha tomado fuerte con los medios, ¿verdad? –dijo Dez–. Ayer fue el periódico y hoy la televisión. ¿Qué será lo próximo?

–Yo no sabía nada –protestó Gina, pero Dez ya había colgado.

Aunque no le tenía ninguna simpatía, podía entender por qué Dez Kerrigan estaba molesto: prácticamente lo habían presentado como un criminal. Se lo merecía, desde luego, pero Gina no lo culpaba por estar enfadado. Seguramente tendría sus razones para echar abajo cada edificio que pasaba por sus manos, pero ninguna justificación era suficiente para la gente normal, gente como ella.

«Lo habían presentado como un criminal». Al fin y al cabo, eso podía ser una posibilidad…

Eran las diez de la mañana cuando Gina entró en la oficina de Dez Kerrigan. No había sido fácil encontrarlo. En la guía telefónica no había ningún Kerrigan, nada parecido a Compañía Kerrigan, Kerrigan y Asociados o algo así.

Pero el hecho de que no le pusiera su propio nombre a la compañía, pensó Gina, no significaba que el negocio no fuera un monumento a su ego. Tal vez lo había hecho así para poder eludir ciertas responsabilidades, o tal vez había evitado usar su nombre porque ya no tenía el mismo impacto que antes.

Pero Gina consiguió localizarlo. Se llamaba Desarrollos Lakemont, como si fuera la única compañía importante de la ciudad. Aunque había localizado la compañía, aún tenía que encontrar a Dez Kerrigan.

Desarrollos Lakemont tenía oficinas por toda la ciudad, y las llamó a todas, una por una, hasta que al final una recepcionista admitió cautelosamente que el señor Kerrigan tenía un despacho en ese edificio.

Gina no dejó su nombre, sino que se dirigió allí directamente. Solo estaba a unas cuantas manzanas del museo, pero nunca antes se había fijado en el edificio. Y no la sorprendía que no le hubiera llamado la atención, pensó mientras se acercaba, porque parecía una escuela reformada, uno de esos colegios que se habían abandonado cuando la población se desplazó a las afueras. No era el lugar donde esperaba encontrar la oficina central de alguien que jugaba con los rascacielos como si fueran edificios de juguete.

El interior del edificio estaba bastante animado. Le dio su tarjeta de visita a una secretaria, que la miró con recelo. A Gina no la sorprendió. Las palabras «Sociedad Histórica» debían de encender todas las alertas de los empleados de Dez Kerrigan.

—No tengo cita —admitió—. Pero supongo que me está esperando. Puede que usted viera en las noticias de anoche que estamos negociando un acuerdo sobre el edificio Tyler-Royale.

La secretaria la miró con sorpresa, pero no hizo ningún comentario. Levantó el auricular del teléfono y Gina se sentó en una silla, dejando claro que no se iba a marchar hasta que hubiera visto al jefe.

Unos minutos después se abrió la puerta de la oficina de Kerrigan.

—Vaya, si es el imán de los medios de comunicación en persona. Pase.

Gina se tomó su tiempo para atravesar la pequeña sala de espera. Él dio un paso atrás invitándola a entrar.

Dez era tan alto como ella había pensado en el restaurante. En la rueda de prensa había estado demasiado preocupada para darse cuenta, pero recordó que tuvo que levantar la mirada para verle los ojos. En ese momento no parecían esmeraldas, y eso era bueno, porque Gina no había ido allí para divertirlo.

Se detuvo nada más entrar y miró a su alrededor.

—No esperaba encontrarme con esto —la sala era amplia, y los ventanales y los colores neutros la hacían parecer más grande aún.

Casi todo era de varias tonalidades de gris: paredes, alfombra, sofá, persianas. El escritorio parecía de ébano. Solamente los cuadros, unas acuarelas representando edificios, añadían una nota de color. Ella señaló el dibujo de un rascacielos, la Torre Lakemont, uno de los edificios más altos y modernos de la ciudad.

—Ese es uno de sus proyectos, claro —él asintió con la cabeza—. Por lo menos tiene algo de clase. Pero pensaba que tendría su despacho allí, con unas maravillosas vistas sobre el lago Michigan.

Dez se encogió de hombros.

—Este despacho era lo suficientemente bueno cuando fundé la compañía, y aún lo sigue siendo. Además, las oficinas de los últimos pisos de la torre valen mucho dinero. ¿Por qué quedármelas cuando puedo alquilarlas por una buena cantidad?

—Ah, sí —dijo Gina—, ahora lo recuerdo. Ayer les dijo a los periodistas que era un hombre práctico.

—Pensé que había abandonado la rueda de prensa.

—Y lo hice, pero vi el reportaje en las noticias por la noche. Y ahí estaba usted. «Soy un hombre de negocios. Consideraré cualquier oferta razonable».

—¿Y qué? No estoy admitiendo ningún vicio secreto. Mire, ha sido un detalle que haya venido, aunque habría sido aún mejor si me hubiera traído un café de avellana. Pero aunque me encanta charlar, tengo muchas cosas que hacer.

Gina se sentó en un lado del sofá.

–Por supuesto. Iré al grano. Tengo una oferta razonable para usted.

–«Razonable» es un término relativo. A menos que tenga el dinero para comprar mi parte…

–No lo tengo.

–Entonces no me haga perder el tiempo mientras me da un sermón sobre por qué debo conservar el edificio Tyler-Royale.

–No pretendo hacerlo –Gina cruzó las piernas, apoyó el codo en el brazo del sofá, la barbilla en una mano y sonrió–. He venido para ofrecerle la oportunidad de ser un héroe.

Dez la miró incrédulo. Debía de estar loca.

–Señorita Haskell –empezó.

–Llámame Gina, por favor. No te culpo por haberte enfadado anoche.

–¿Enfadado? No me enfadé.

–¿De verdad? ¿Y por qué me llamaste y me insultaste?

Estaba realmente desconcertado.

–Yo no te insulté.

–¿Ah, no? Supongo que entonces estabas expresando tu opinión tranquilamente.

–No te insulté. Me molestó mucho que esa panda de chacales tergiversara mis palabras, pero nada más.

–En las noticias aparecías como King Kong, arrasando la ciudad y echando abajo todos los edificios que encontrabas a tu paso. Es normal que ese reportaje te ofendiera.

—Si me enfadara cada vez que los periodistas hacen algo así, estaría tomando antiácidos constantemente —se dejó caer en el otro lado del sofá—. Dime, ¿qué es eso de convertirme en héroe?

—No seré yo quien lo haga, solamente he venido para enseñarte el camino.

Gina se giró para mirarlo y la falda se subió unos centímetros, dejando al descubierto una rodilla sedosa y esbelta.

—Tienes dos minutos —contestó Dez.

—Muy bien —miró su reloj de pulsera lentamente—. Parece que los medios de comunicación han decidido que eres el enemigo público número uno, y tienes que admitir que les has dado razones para pensarlo. ¿Es cierto que durante todos estos años no te has encontrado ningún edificio que mereciera la pena conservar?

—Solo este en el que estamos, y no porque tenga nada histórico. Mira, cariño, si crees que permito que las opiniones de los periodistas me quiten el sueño, estás muy equivocada. Se olvidarán del Tyler-Royale en cuanto descubran otra historia interesante, como siempre.

Ella seguía sonriendo.

—Estás muy seguro de eso, ¿verdad? —el hecho de que Gina hablara con tanta dulzura no le impedía ver la amenaza que había detrás de sus palabras. Los antiácidos empezaban a parecerle una buena idea, después de todo—. ¿Por qué echarte piedras sobre tu propio tejado? Ya posees ocho bloques en el centro de Lakemont. O puede que más, pero fueron ocho los que encontré al hacer una búsqueda rápida en la oficina del asesor del condado esta mañana. Para un magnate, ¿qué significa un edificio más o menos? Los medios de comunicación han adoptado el Tyler-Royale como su niña mimada. Si lo salvas, serás...

–El superhéroe de Lakemont. Creo que has leído demasiados tebeos. ¿Qué planes tienes en mente para salvar el edificio? Supongo que pretendes que te lo done.

–Bueno, a mí personalmente no, claro. Pero piensa en la imagen tan maravillosa que darías si lo donaras a la Sociedad Histórica del condado de Lakemont.

–Aunque quisiera, no podría hacerlo. El edificio no es mío, ¿recuerdas? Supongo que podría darte la opción a comprarlo, si me sintiera lo suficientemente generoso como para desprenderme de algo que me ha costado unos doscientos mil dólares pero, ¿de qué serviría? Acabas de decirme que no tienes dinero.

–Podrías ayudarme a convencer al director ejecutivo de Tyler-Royale de que lo donara...

–A ver si lo entiendo –dijo Dez–. Él conservaría mis doscientos mil, así que estaría contento. Tú conseguirías el edificio, así que estarías contenta. Y yo me quedaría sin nada. Eso no me convierte en un héroe, sino en un estúpido.

–En un hombre generoso –corrigió Gina–. Y, por supuesto, te beneficiarías de una considerable deducción en los impuestos.

Dez tenía que admitir que estaba impresionado. No había mucha gente que siguiera sonriendo de esa manera después de que él les rebatiera todos sus argumentos. No sabía si era por inocencia o descaro, pero ella no se había rendido, y eso quería decir algo.

–Y además –continuó Gina– te darás cuenta de lo importante que es mejorar tu reputación.

–Por supuesto que sí. Al hacer algo así estaría entrando en las listas de todos los recaudadores de fondos del estado. Tendría que entregar la opción de compra y convencer a Ross de que te vendiera el edificio por uno o dos dólares. Por cierto, ¿has visto el almacén?

Por primera vez la incertidumbre se reflejó en el rostro de Gina, aunque intentó ocultarla rápidamente.

–Todavía no –admitió.

–Muy bien, te voy a dar el gusto –se levantó y abrió la puerta–. Sarah, si alguien me busca, di que he ido a dar un paseo con la señorita Haskell.

El Tyler-Royale solo estaba a unas cuantas manzanas de la oficina de Dez, y cuando llegaron al edificio Gina se quedó asombrada mirando la entrada. Dez la observaba mientras ella levantaba la vista, recorriendo el edificio.

–¿Qué pasa, Gina? ¿Es algo más grande de lo que recordabas?

–Estaba pensando que hay mucha gente para un almacén que va a cerrar.

Seguro que estaba pensando en eso. Dez había visto cómo se quedaba boquiabierta al ver el tamaño del edificio, pero le seguiría la corriente… durante un rato.

Por otra parte, tenía razón, había mucha gente entrando y saliendo continuamente. Dez se encogió de hombros.

–Siempre pasa lo mismo. La gente solo se da cuenta de lo que tiene cuando les dicen que lo van a perder. Habrá una última oleada de interés y después todos se olvidarán y se irán a la tienda más próxima.

Si vuelves a este mismo sitio dentro de un año y preguntas qué había aquí, solo te podrán contestar unos pocos.

–Sobre todo si lo único que hay es un agujero.

Él le lanzó una mirada desconfiada, pero Gina se la devolvió sin inmutarse.

–Vamos –dijo Dez mientras empujaba la puerta giratoria para que Gina entrara.

En el interior una mujer con un traje oscuro ofrecía muestras de perfume. Gina se detuvo y le tendió la muñeca. Dez pensó que lo hacía solo para irritarlo.

–La sección de zapatería está justo allí, por si quieres echar un vistazo –sugirió.

Ella olió delicadamente el lugar donde le habían puesto el perfume.

–Oh, no. No se me ocurriría malgastar tu valioso tiempo con unos zapatos.

Él la llevó a través de los mostradores de cosméticos, pasando también por los de joyería y plata antigua, hasta llegar a un atrio central. El suelo estaba formado de mosaico de colores brillantes, con un complicado motivo de espirales y ondas. Justo en el medio las teselas formaban una rosa roja, el símbolo de la cadena Tyler-Royale. Dez la guió hasta el centro de la rosa.

–Quédate aquí –le dijo.

–¿Qué tiene esto de interesante? Todo el mundo ha venido aquí un millón de veces. «Quedamos en la rosa». ¿Quién no lo ha hecho alguna vez?

–Sí, ya lo sé. Mi madre también quedaba conmigo aquí. Pero no te he traído por eso. Mira hacia arriba.

Durante unos segundos Dez vio una extraña mirada en sus ojos, como de miedo. ¿Qué le había dicho para que ella reaccionara así? Después Gina le hizo caso y levantó la mirada hacia la cúpula de cristal de colores que estaba siete plantas por encima.

Si eso no le hacía ver la luz, pensó Dez, nada lo haría. Él mismo se había olvidado de lo inmenso que era el edificio, de las filas de balcones de hierro pintado de blanco que parecían no tener fin, ascendiendo los siete pisos.

Gina se volvió hacia él.

–¿Y lo que intentas decirme es…?

Lo dijo con un tono indiferente, pero no consiguió engañarlo.

–Lo que intento decirte es que incluso si consiguieras gratis el edificio, no podrías mantenerlo. No podrías permitirte tener encendidas las luces, y mucho menos la calefacción o el aire acondicionado.

–Es algo más grande que el que tenemos ahora, por supuesto –admitió Gina.

Dez la miró durante unos segundos y luego se echó a reír.

–¡Tiene gracia! Es como decir que el lago Michigan es algo más grande que el charco que pisaste cuando íbamos a entrar.

–Cuando se amplía un museo no solo aumenta el número de visitantes, sino también las donaciones.

–En tus sueños –levantó el dedo índice y trazó un círculo imaginario incluyendo todo el edificio–. Baja a la tierra, Gina, déjalo. Tal vez haya otro edificio en otro lugar que de verdad te valga.

Ella sacudió la cabeza.

–No lo entiendes, ¿verdad? Puede que otro edificio sea aún más práctico, pero este es el que quiere la gente. Sería una tonta si dejara pasar esta oportunidad. Es casi una cruzada. Y todo lo que tengo que hacer es avivarla un poco –añadió dulcemente.

CAPÍTULO 3

DEZ se quedó mirándola durante tanto tiempo que Gina pensó que se había quedado catatónico. Pero cuando finalmente parpadeó y sacudió la cabeza no dijo nada. Desenganchó el teléfono móvil del cinturón y pulsó dos teclas sin mirarlo.

–Sarah, cancela mi cita para comer –colgó sin esperar una respuesta–. Vamos. Busquemos un sitio donde podamos hablar con tranquilidad.

Gina negó con la cabeza.

–Me parece que no –se esforzó por no parecer irónica, y casi lo consiguió–. No deberías cambiar tus planes por mí, no me vas a convencer.

–No eres tú lo que me preocupa. Si fueras la única a quien le afectara esta idea tan estúpida, me quedaría quieto viendo cómo te pilla el tren.

–Gracias.

Él frunció el ceño.

–¿Por qué?

–Por confirmar mis sospechas de que realmente te importa tu imagen pública.

–¿Crees que todo esto es por mi imagen? –resopló–. Supongo que a esta hora el lugar más tranquilo del edificio será la cafetería de la sexta planta.

–Y creo recordar que tienen café de avellana –murmuró Gina.

–Oye, no me culpes por querer hacer de esto algo agradable. Aunque, si lo prefieres, podemos quedarnos en la quinta.

–¿Qué es lo que hay? –preguntó Gina con recelo.

–Jacuzzis. Siempre tienen uno funcionando como modelo de demostración.

–Pensándolo bien, la cafetería es una gran idea –Gina se detuvo junto al ascensor de art decó y siguió con el dedo el motivo inscrito en el metal gris–. Ascensores. Ya instalados. Y además son bonitos.

–Son los originales –dijo Dez.

–Ya lo sé. Podrían ser otro objeto de exposición.

–Puedes admirarlos e idealizar su historia si quieres, pero lo único que yo veo es una máquina vieja que, en el mejor de los casos, necesita una puesta a punto, porque ya está anticuada –apretó el botón del sexto piso con el puño.

–Si la tratas así sin duda que la va a necesitar. Pero tienes que admitir que es bonita.

–¿Cuál es el atractivo de los ascensores?

–Nosotros íbamos a instalar uno. Seguramente no sabrás que los museos que no tienen accesos para los discapacitados pueden pedir muy pocas ayudas al gobierno.

–No puedo decir que haya pensado en eso.

–E instalar un ascensor en un edificio antiguo es extraordinariamente caro –en realidad habían pensado en construir un ala nueva en el museo porque no tenían sitio para el hueco del ascensor–. Así que en vez de gastar miles de dólares en un ascensor podríamos poner ese dinero en un fondo para cubrir otros gastos.

Dez empujó la puerta de cristal biselado de la cafetería. Aunque acababa de abrir, ya había algunos clientes rodeados de paquetes. En cuanto se hubieron sentado Dez se inclinó hacia delante y apoyó los antebrazos en el borde de la mesa.

—Muy bien –dijo–. ¿Qué es lo que quieres en realidad?

Gina enarcó las cejas.

—¿Cómo dices?

—Este edificio es demasiado para ti, los dos lo sabemos. Tiene unos setenta mil metros cuadrados. ¿Cuánto espacio tienes ahora? ¿Mil cuatrocientos?

—En las plantas principales sí, pero… Espera un momento, ¿cómo lo sabes?

—Me gano la vida tasando inmuebles. Pero aunque tengas la cabeza llena de pájaros, no puedes ser tan ingenua como para pensar que puedes dar un salto de este tipo sin caerte.

—Gracias –dijo Gina secamente–. Es un halago un tanto extraño, pero supongo que es lo mejor que voy a oír de ti.

—De nada. Y mi pregunta es: ¿qué quieres en lugar del Tyler-Royale? Serías una tonta si lucharas por este edificio. No solamente es inviable, también es poco práctico. Es unas cincuenta veces más grande que la casa de Essie, no podrías usarlo. Dios Santo, con el presupuesto que tienes ni siquiera podrías mantenerlo limpio.

Eso podría ser verdad, pensó Gina, pero no estaba dispuesta a admitirlo. No podía dejar de pensar que él había pagado doscientos mil dólares pero no poseía ni un solo ladrillo. No era la cantidad de dinero lo que la preocupaba; las reformas de la casa de Essie aún podrían costar más. Pero si fuera ella quien iba a gastar un cuarto de millón de dólares, al menos tendría algo que enseñar.

Por otra parte, Dez se había desprendido de esa cantidad de dinero sin tener ni idea de lo que iba a hacer con su nueva propiedad. Lo gastaba como si se tratara de billetes falsos de algún juego de mesa. Pero estaba segura de que no gastaba dinero a la ligera. Aunque no supiera exactamente qué iba a hacer con el edificio, Gina era capaz de apostar el alquiler del mes a que ya estaba pensando en las posibilidades.

Sin embargo, lo había creído cuando dijo que no había pensado en el edificio. En realidad solo era un obstáculo que se interponía entre él y lo que realmente quería: el terreno que había debajo. Ahí era donde Gina había cometido el fallo, no se había dado cuenta de que el edificio no era lo único que se vendía.

El camarero les llevó el café, el de avellana para Dez, en una taza alta de cristal, y el capuchino para Gina, en una taza algo más pequeña. Ella lo removió y dijo pensativa:

—¿Sabes? Me parece que estás muy interesado en la casa de Essie.

—¿Por qué? ¿Porque he hecho una buena aproximación de lo grande que es? No, no he hecho ninguna investigación. De hecho, no he estado allí desde que tenía unos doce años.

Entonces haría unos veinte años de eso, pensó Gina.

—Eso fue antes de que Essie fundara el museo.

—No —corrigió Dez—. Fue antes de que lo abriera. Yo diría que Essie comenzó a coleccionar trastos para su precioso museo desde que dejó la cuna. Pero no cambies de tema y volvamos a lo que nos interesa: este edificio.

—Desde luego. Pero cuando me trajiste aquí pensé

que me ibas a enseñar cosas como grietas en el techo, paredes torcidas y desconchones en la pintura –lo miró por encima de su taza–. Pero no puedes, ¿verdad? No tiene ningún defecto.

–Está en buenas condiciones.

–Por supuesto. Yo diría que es tan sólido que sería muy difícil echarlo abajo. Sería muy caro y llevaría mucho tiempo.

–Si estás tanteando el terreno para averiguar qué quiero hacer con él, no pierdas el tiempo. Aunque quisiera no podría decírtelo, porque aún no lo he decidido. Mira, Gina, los dos sabemos que el edificio es solamente una distracción y que tienes otras cosas en mente.

–Tú crees que sabes... –comenzó a decir.

–Así que, ¿por qué no me dices lo que quieres realmente? Tal vez, y no te estoy prometiendo nada, pero tal vez pueda hacer algo al respecto.

Ella dejó la taza en la mesa despacio, sin mirarlo.

–Tienes razón en una cosa. El museo histórico tendría problemas para usar todo este espacio.

–Bien, estás empezando a razonar.

–Pero hay por lo menos una docena de pequeños museos en el condado de Kerrigan que están en la misma situación que nosotros. No tenemos bastante espacio para las exposiciones, así que no vienen suficientes visitantes como para pagar las facturas, y mucho menos para añadir los extras que atraerían a más público. Pero si uniéramos nuestros recursos con los de las demás organizaciones, podríamos crear El Museo Central.

–¿Muchos museos juntos? –preguntó irónicamente.

Gina asintió con la cabeza.

–Ven a un edificio, paga una entrada y visita los doce museos si quieres. El abuelo puede recorrer el museo histórico y admirar objetos de su niñez mientras mamá admira los maravillosos cuadros y esculturas en la galería de arte y los niños aprenden cosas de los dinosaurios en la sección científica. Y todo bajo un mismo techo –le dio un sorbo al capuchino–. Es perfecto. Y ya verás cuando la televisión se entere –lo miró con preocupación fingida–. ¿Le pasa algo a tu café, Dez? No parece que lo estés disfrutando.

Dez pensó que por el resto de su vida el aroma del café de avellana le provocaría ardor de estómago, porque le recordaría a una pequeña pelirroja con una obsesión, y no una obsesión cualquiera.

–No creo que seas una de esas chifladas que creen que son Cleopatra –dijo Dez–. Eso sería demasiado sencillo. Tienes que ser…

Gina se aclaró la garganta y dirigió la mirada hacia un lado. Por un momento Dez pensó que le iba a dar un ataque epiléptico, pero luego se dio cuenta de que le estaba intentando decir que una mujer se acercaba hacia ellos. Él miró de reojo y ahogó un gruñido. Había dicho que Gina era un imán que atraía a los medios de comunicación, y tenía razón, porque la mujer que se acercaba era la periodista que había empezado la discusión en la conferencia de prensa el día anterior.

Gina no podía haber planeado el encuentro, pensó Dez, porque no había sido ella quien decidió ir al almacén y mucho menos sentarse en la cafetería a negociar. Tampoco había tenido oportunidad de llamar por teléfono. No, esa vez no podía culparla.

–Bueno, bueno… hola –dijo la periodista dulcemente–. Aquí estáis los dos. Juntos.

Dez pensó que solamente Carla podría hacer que
esa palabra sonara como si los hubiera pillado reto-
zando desnudos en medio de la cafetería. Se levantó
levemente de su silla, haciendo que el gesto de buena
educación fuera lo más breve posible.

–¿Qué te trae por aquí, Carla?

–Estamos haciendo un reportaje sobre el almacén,
sobre su historia y arquitectura, ese tipo de cosas.
¿Sabías que la cúpula está compuesta por más de tres
millones de piezas de cristal de colores?

–Gracias por contarlas –dijo Dez–. He pasado noches enteras sin dormir pensando cuántas habría.
Ahora, si nos perdonas…

La periodista enarcó las cejas.

–¿Interpreto que tenéis asuntos que discutir? ¿Estáis hablando de lo que va a pasar con el edificio?

–En absoluto –dijo Dez–. Solo he invitado a una
encantadora mujer a tomar café, eso es todo.

–¿Solo a tomar café? –preguntó Carla–. Nunca
pensé que fueras tan tacaño, Dez. Señorita Haskell,
¿podría concedernos a mi cámara y a mí algo de
tiempo en los próximos dos días para hacerle una entrevista?

Gina miró a la periodista y luego a Dez.

–Creo que puedo hacer un hueco en mi agenda
–murmuró–. ¿Cuándo quiere que sea?

–Cuando a usted le venga bien.

Dez, cansado de tanta amabilidad, gruñó:

–¿Y por qué no ahora mismo? –cuanto menos
tiempo tuviera para preparar la entrevista, menos
daño podría hacer.

–Eso sería ideal –dijo la periodista–. De hecho,

iba a llamar al museo esta tarde, así que he tenido mucha suerte al encontrarla aquí. Pero no quisiera interrumpir su... discusión.

—Creo que Dez tiene razón, hemos terminado por ahora —Gina echó hacia atrás la silla y se levantó—. Gracias por el café, Dez, ya nos veremos. A menos que quieras venir con nosotras...

—Preferiría tener la peste —murmuró.

Gina sonrió.

—Pobrecito —le dio unas palmaditas en el hombro. Se dio la vuelta y se alejó charlando con la periodista.

Dez se terminó el café y volvió a la oficina para pasar la mayor parte de la tarde haciendo papeleo. No iba a perder el tiempo pensando en Gina Haskell, decidió. No se iba a preocupar por lo que dijera ante las cámaras. No iba a contemplar esos enormes ojos marrones mientras aparecían en televisión. Ni siquiera iba a ver las noticias esa noche. Y, desde luego, no la iba a llamar para enterarse de lo que había pasado, no pensaba darle esa satisfacción.

De todas formas, no importaba. Ningún argumento que Gina pudiera presentar iba a cambiar lo que él decidiera hacer. Aunque lo presionara, no podía forzarlo a hacer nada. Él era el propietario del edificio... o lo sería, si decidía serlo. Él era la persona que decidiría qué hacer con él, y quien tendría que presentarse con el dinero para llevar a cabo su plan. No era él precisamente quien tenía que ir recaudando fondos.

Pero todavía se preguntaba qué era lo que quería Gina. ¿Qué tendría que hacer para que dejara de obsesionarse con el edificio Tyler-Royale? Una cosa estaba clara: no había podido ocultar su asombro cuando se dio cuenta de la enormidad que estaba pidiendo. ¿Cómo podía haber sido tan corta de miras como para pretender el edificio sin tener un plan sólido, sin saber siquiera si el proyecto que tenía en mente era viable?

«Tú lo has hecho», se recordó. En realidad, Dez ni siquiera había pensado en ello, casi había sido un impulso hacer una oferta para comprar la opción del edificio cuando supo que se iba a vender. Y había gastado una buena cantidad de dinero, mientras que Gina Haskell solo había invertido un poco de tiempo.

La diferencia entre los dos era que él tenía experiencia y sabía lo que estaba haciendo. Siempre se le podía dar un buen uso a un bloque situado en el centro de la ciudad, aunque aún no supiera exactamente qué hacer con él ni cuándo hacerlo. Había pasado por eso otras veces y nunca le había salido mal.

Tal vez Gina había reaccionado del mismo modo, sin tener ningún plan. Por otra parte, ella había hecho los deberes, sabía cuánto terreno de Lakemont poseía. ¿Era razonable pensar que lo había estado investigando a él y no al edificio que quería adquirir?

Y si Gina había fingido el asombro al contemplar la fachada del Tyler-Royale y darse cuenta de lo enorme que era, él estaba dispuesto a comerse el edificio. Estaba casi seguro de que la reacción había sido sincera, pero el problema era que no la conocía lo suficiente como para saber qué era lo que realmente quería.

Dio un gruñido, apartó los papeles, agarró las llaves del coche y se dirigió al Museo de la Sociedad Histórica del condado de Kerrigan.

Era cierto que no había estado en la casa de Essie en las últimas dos décadas, pero había pasado por la puerta en numerosas ocasiones. De hecho, le resultaba difícil evitar el museo, ya que estaba situado en una de las calles principales del centro y a solo unas manzanas de su oficina. Cuando esto ocurría, a veces miraba la casa y pensaba en Essie y sus excentricidades, pero en otras ocasiones ni siquiera se daba cuenta. Esta vez le prestó mucha más atención.

La fachada principal estaba a oscuras, pero por detrás de la casa el sol formaba un halo rojizo alrededor del tejado y de la torre. Era más tarde de lo que había pensado. No había luces, las puertas estaban cerradas y tampoco vio ningún coche en la entrada.

«Está bien», se dijo. Echaría un vistazo y al día siguiente se volvería a enfrentar con Gina Haskell.

Dejó el coche junto a una entrada lateral y se dispuso a recorrer la propiedad. La parte trasera estaba bañada en una suave luz rojiza que le daba calidez a los ladrillos y se reflejaba en los cristales. Las ventanas se habían condenado, pero no estaban tapadas con los paños que Essie solía poner para proteger sus preciosas posesiones, sino que parecía que se habían tapiado desde dentro.

Fue bordeando la verja que rodeaba la propiedad y llegó al jardín. Todavía quedaba algo de lo que había sido el jardín original, pero no se sorprendió al ver que muchas plantas se habían asilvestrado y que los caminos de piedra estaban cubiertos de musgo. Essie prefería dedicarse al interior de la casa y olvidó el jardín, así que no había nada sorprendente en que la dirección del museo no hubiera sido capaz de reunir fondos para mantenerlo.

Una de las esquinas traseras estaba cubierta por

una parra trepadora que también ocultaba varias ventanas. Tenía hojas de un color verde brillante y tallos tan gruesos como su dedo índice. Desde donde estaba, Dez podía agarrar una de las ramas y, al hacerlo, también se desprendió un trozo de cemento. Lo miró pensativo y observó más de cerca el muro.

La puerta trasera se abrió y apareció Gina.

–El horario del museo está puesto en la entrada principal.

Él levantó la vista del trozo de cemento que aún tenía en la mano.

–Si está cerrado, ¿por qué sigues aquí?

–Estoy poniéndome al día con todo el trabajo que tenía que haber hecho esta mañana, cuando estaba tomando café contigo y hablando con la prensa. ¿Quieres entrar? Tendrás que hacerlo por la puerta lateral, porque la verja del jardín está oxidada y no se abre.

Dez dejó caer el trozo de cemento y se dirigió hacia la puerta. Gina había encendido un candelabro y la luz le arrancaba reflejos dorados a su cabello, pero más allá del pasillo Dez solo podía ver sombras, ya que la única luz era la de las señales de salida.

–No he visto ningún coche –dijo Dez cerrando la puerta. Las bisagras rechinaron, pero el panel de madera encajó sólidamente en su sitio.

–Yo no tengo coche, vivo a unas cuantas manzanas.

–¿Te mueves andando en este barrio?

–No es más peligroso que cualquier otra zona de la ciudad. Vamos a la parte de atrás, me iba a llevar una soda a la oficina.

Ella lo guió a través de un pasillo. Dez pensó que la casa olía como un museo, pero en realidad siempre había sido así.

Gina empujó la puerta de vaivén de la cocina. Él

recordaba la puerta de los días en los que su hermano y él entraban en la cocina a comer algo mientras sus padres y Essie charlaban en el salón. Solo que en aquellos días se abría suavemente en vez de con un ruido áspero de protesta, como si el marco no fuera totalmente cuadrado. Ya entonces la cocina era sombría. A lo largo de los años habían cambiado las luces del techo por otras fluorescentes, pero eso no había servido para mejorar las cosas, pensó Dez. En realidad, la habitación parecía aún más lúgubre.

Gina abrió la vieja nevera y sacó una lata.

–¿Quieres una coca–cola? No parece que haya nada más…

Él tomó la lata y la abrió.

–¿Quieres decir que ya no hay esas galletas de higo que le gustaban a Essie?

–Lo siento, creo que tiramos a la basura la última. Siéntate –dijo sacando una silla de debajo de la mesa. Dez pudo ver la curiosidad en sus ojos–. ¿Es ese uno de los recuerdos más valiosos de tu infancia? ¿Leche con galletas en casa de Essie?

–No exactamente valioso, pero sí memorable –contestó mientras se sentaba frente a ella–. Nunca olvidaré esas galletas duras como piedras. Se necesitaba un vaso de leche para ablandar una sola. ¿Todavía conservas el bote donde las guardaba?

–Si te refieres al bote rechoncho de cristal azul, sí. Está arriba, en la exposición.

–¿Un tarro de galletas? –no intentó disimular su incredulidad–. ¿Por qué? ¿Porque era de Essie?

–No exactamente. En realidad no se fabricó para ser un bote de galletas. Es una valiosa pieza de alfarería elaborada en el primer horno que se construyó en el condado de Kerrigan.

–No me extraña que las galletas se secaran.

–Bueno, no era solamente por culpa del bote. Essie compraba las galletas a granel en la panadería porque así eran más baratas.

–Compraba galletas baratas que ya estaban duras pero las guardaba en un bote por el que posiblemente pagó una fortuna.

–En realidad no. Pero si lo hubiera hecho, habría merecido la pena. Por lo que sabemos, es la única pieza de ese alfarero que se conserva.

Dez sacudió la cabeza.

–Por lo que veo, Essie no había cambiado mucho.

–Todos tenemos debilidad por algo, por cosas que apreciamos en especial.

–Y este museo es una de tus debilidades.

Gina no se molestó en contestar, simplemente levantó la lata de soda como si hiciera un brindis. Él apoyó un codo en la mesa y dijo:

–Ya sé por qué quieres sacar el museo de la casa.

Ella levantó una ceja.

–¿Ah, sí? ¿Por qué?

Dez señaló el techo, donde había una grieta que cruzaba la habitación en diagonal.

–Por cosas como esa.

–No creas. Esa grieta ha estado ahí siempre, que yo recuerde. Forma parte del carácter de la casa, es como una vieja amiga.

–¿Cuánto tiempo hace que la viste?

–Diez o doce años –contestó con cierta cautela.

Entonces Gina debía de ser una adolescente, pensó Dez.

–¿Cómo llegaste a conocer a Essie tan bien como para que te invitara a su cocina?

–Ella aún enseñaba historia cuando yo estaba en el instituto.

Dez se dio cuenta de que en realidad no era una respuesta a lo que le había preguntado, pero seguramente Gina no quería decir nada más.

–¿Y la puerta chirriante? Supongo que también me vas a decir que siempre ha estado así.

–Bueno, seguramente no chirriaba cuando eras niño –dijo Gina–. Pero, por lo que sé, los goznes han saltado porque solías colgarte de la puerta.

–¿Cómo la sabes? Essie debió de habértelo dicho.

–En realidad no me lo dijo. Si se hubiera dado cuenta de que usabas la puerta para jugar, no te lo habría permitido. Lo he dicho porque me parecía que era el tipo de cosas que tú harías.

–Porque es destructiva. Supongo que te refieres a eso.

–Has sido tú quien lo he dicho.

–Entonces, si la casa está en tan buen estado, ¿por qué estás deseando mudarte?

–Estoy segura de que no necesitas que te lo explique.

–Eso es verdad. Se me ocurren al menos dieciséis razones, desde que no tienes sitio para hacer un aparcamiento para el público hasta que la falta de circulación de aire no puede ser buena para tus inestimables colecciones. Me preguntaba cuál de las dieciséis era más importante para ti.

–Ten cuidado –murmuró Gina–. Lo único que estás consiguiendo es que quiera aún más el Tyler-Royale.

–Ese edificio es demasiado para ti, y los dos lo sabemos. ¿Qué te parece la iglesia de St. Francis?

–¿Qué quieres decir? –contestó Gina con recelo–.

Ya me han ofrecido las vidrieras, pero no tengo sitio donde ponerlas. Pero si tuviera el Tyler-Royale…

—Podrías usar la iglesia como museo —la cortó casi a media palabra—. Ya tiene aparcamiento, e incluso ascensor. Y podrías dejar las vidrieras justo donde están —ella se quedó pensativa. «Ahora estamos llegando a algo», pensó Dez, y aprovechó la ventaja—. Olvídate del Tyler-Royale y empecemos a hablar de la iglesia.

—Debería haber supuesto que la iglesia también era tuya, aunque no estaba en la lista que consulté esta mañana.

—Bien, ahora que te das cuenta de lo útil que sería usar la iglesia en vez del Tyler-Royale…

—Un momento, yo no he dicho eso. Estaba pensando en por qué no tenías pensado derribar las vidrieras junto con el resto de la iglesia —se golpeó suavemente la frente con la mano—. ¡Qué tonta! Evidentemente no tenías idea de conservarlas. ¿Qué fue lo que pasó? ¿Algún grupo activista de la parroquia insistió en que las conservaras, como condición antes de vender la iglesia?

Él la ignoró.

—Podrías matar dos pájaros de un tiro: tener otro edificio para el museo y las vidrieras, sin necesidad de moverlas.

Ella negó con la cabeza.

—Ya estuve en la iglesia cuando fui a evaluar las vidrieras. No es lo suficientemente grande como para que merezca la pena realizar el esfuerzo de mover todo lo que tenemos.

O estaba chiflada o él no se había expresado con claridad.

–Estoy dispuesto a dártela, Gina, si te sacas de la cabeza esa idea loca de quedarte con el Tyler-Royale.

–Ya sé que estás dispuesto a dármela –murmuró–. Y eso es lo que lo hace todo tan interesante. Ya me has ofrecido St. Francis totalmente gratis. Me pregunto qué más estás dispuesto a darme antes de que todo esto se acabe –dijo sonriendo.

CAPÍTULO 4

GINA dejó que se hiciera el silencio durante unos segundos mientras daba un sorbo a su bebida. Casi podía ver los cálculos que Dez estaba haciendo mentalmente.

–Tengo que volver al trabajo –murmuró–. Pero quédate y echa un vistazo si quieres. Mi oficina está al final de las escaleras del ático. Cuando hayas terminado dímelo y bajaré para abrirte.

Él no contestó. Hizo un movimiento brusco y Gina pensó que iba a agarrarla para impedir que se marchara, pero no lo hizo.

Gina empezó a subir las escaleras, encendiendo las luces a su paso. Normalmente no lo hacía, porque conocía bien la casa y podía moverse a oscuras. Pero si Dez decidía darse una vuelta, ni siquiera podría encontrar los interruptores. La casa se había construido antes de que la electricidad fuera algo común en Lakemont, y parte de la instalación eléctrica había terminado en los lugares más insospechados.

Essie había dirigido el museo desde un escritorio en su dormitorio, y esa habitación también estaba abierta al público. Gina había hecho todo lo posible por reproducir un estudio de la época, eligiendo varias piezas que Essie había comprado en una subasta. Pero aunque la habitación era la más amplia de esa planta, todos los artefactos estaban apretujados y el escenario no era demasiado convincente. Además, algunas de las mejores piezas seguían en el sótano, metidas en cajas, porque no había sitio para exponerlas.

—Si tuviéramos más espacio… —dijo entre dientes mientras pasaba por la puerta y tomaba la escalera estrecha que conducía al ático. Allí arriba el espacio no era tan apreciado, así que podía desplegar sus utensilios de trabajo sin sentir que le estaba robando sitio a la exposición.

Su oficina estaba, como le había dicho a Dez, en lo alto del ático, en la parte más alta del tejado. No había alterado la estructura levantando muros, simplemente había hecho espacio apartando cajas y baúles para poder poner un escritorio y una mesa plegable. La lámpara del escritorio le proporcionaba luz para trabajar y creaba sombras misteriosas en la habitación. Lo único que Gina había hecho para marcar su territorio había sido poner en la mesa su taza favorita de café y colgar su título de licenciada en una pared.

Dejó la soda sobre el escritorio e intentó una vez más hacer un presupuesto, pero no era tan fácil, porque no sabía dónde estaría ubicado el museo el año próximo. Casi se había olvidado de Dez cuando oyó el crujido de los escalones y vio su cabeza asomando por las escaleras. Él no subió del todo, de manera que su cabeza quedó a la altura de la de Gina. Paseó la mirada por el ático y dijo:

—Ahora entiendo por qué quieres más espacio.

Gina no levantó la vista de las cuentas que estaba haciendo.

—Enhorabuena. Acabas de ganar el primer premio de agudeza. Pero si crees que esto es malo, deberías ver el sótano.

—¿Almacenáis cosas en el sótano?

–Huele un poco a humedad, pero está seco. ¿Tienes alguna idea mejor? Por ejemplo, las salas de almacenaje en el nivel más bajo de…

–No lo digas –terminó de subir las escaleras–. Si todo lo que Essie poseía es tan valioso para el museo…

Gina tomó la calculadora y empezó a sumar cifras.

–¿Eso he dicho?

–Entonces, ¿qué hay de la casa? Ella intentó conservar el resto pero, ¿qué le va a pasar a la casa cuando os llevéis el museo a otra parte?

–Se conservará.

–Ya veo. Por eso quieres el Tyler-Royale, porque toda esta casa entraría en el atrio, justo encima de la rosa, y habría mucho espacio libre.

Estaba exagerando, por supuesto, pero Gina no mordió el anzuelo.

–No pretendo moverla de sitio. Volverá a ser un hogar.

–¿Para quién? ¿Para ti?

Ella levantó la vista.

–¿Para mí? ¿Qué podría hacer yo con este sitio?

Dez se encogió de hombros.

–Parecía una idea lógica. Tú eres una de las pocas personas que seguirían viviendo en este vecindario.

–No pretendo cambiar el museo de sitio para apropiarme de esta casa. Es una casa estupenda, pero no tengo tiempo para hacerle todas las reformas que necesita.

–Al menos admites que necesita reformas.

–Por supuesto. La cocina está bien para el personal del museo, pero no para nadie que la usara realmente para cocinar. Pero esta casa es demasiado

grande para una persona. Incluso con todas sus posesiones, Essie se perdía en ella.

—Entonces, ¿quién va a vivir aquí si no eres tú?

¿No había demasiado interés en su voz?

—¿Cómo voy a saberlo? Supongo que una familia
la comprará y la arreglará.

Dez sacudió la cabeza.

—Teniendo en cuenta lo que ha pasado con las demás casas, lo más probable es que la dividan en apartamentos. O eso, o terminará pudriéndose.

—Si estás intentando convencerme de que mi deber
cívico es quedarme aquí porque es lo que Essie quería…

—Solo me preguntaba si lo admitirías.

—No estoy admitiendo nada. ¿Cómo puedes saber
lo que quería Essie? Nunca viniste a verla.

—¿Estabas por aquí tanto tiempo como para conocer a todos los que la visitaban?

«En realidad, sí».

—Si hubieras venido regularmente, habrías visto el
tiempo que estaba por aquí —dijo Gina dulcemente—.
Además, has dicho que hace veinte años que no vie-
nes a la casa.

—No recuerdo haber dicho eso.

—Tal vez deberías tomar notas. Y te sugiero que,
antes de decirme qué es lo que Essie habría querido,
lo pienses dos veces.

—Pero está claro que tú sí que sabes lo que Essie
quería. Y lo que no quería.

—Yo era quien estaba aquí, no tú —contestó Gina
con recelo.

Dez se sentó en una esquina del escritorio.

—Es que es interesante. ¿Qué es lo que te fascinaba
tanto de una anciana y sus colecciones?

«Como si fuera a explicártelo», pensó Gina.

–Si estás sugiriendo que me llevaba bien con Essie por lo que pudiera sacar de ella...

–Vaya, estamos susceptibles.

«Sí», pensó Gina, «lo estamos».

–A juzgar por las apariencias, si era eso lo que hacías, no has conseguido gran cosa –dijo Dez echando una mirada despectiva alrededor de la habitación–. Supongo que el museo no te paga mucho. Tal vez eso explica por qué quieres otro edificio.

–¿Como una excusa para recaudar fondos y así poder llevarme una parte del presupuesto? Tienes una forma de pensar bastante interesante.

–Has sido tú quien ha hablado de robar –dijo suavemente.

Gina sintió que la invadía la tensión, pero se obligó a relajarse e intentó cambiar de tema.

–En lo que respecta a la casa, Essie era realista.

–Estoy seguro de que lo era, pero solo hasta cierto punto. Pero eso no significa que le gustara verla convertida en una casa de huéspedes o en un burdel. Aunque no se me ocurre un futuro mejor. Si alguien tuviera el dinero para comprarla, no invertiría en una casa situada en este vecindario. Nunca podría revenderla.

–¿Y por qué iban a querer revenderla? Para tu información, varias veces a la semana los visitantes nos comentan lo bonita que es la casa y cuánto les gustaría tenerla.

–Y seguramente lo piensan. Pero si les ofrecieras la oportunidad de comprarla, se pondrían verdes, igual que tú esta mañana cuando te diste cuenta de lo grande que era el Tyler-Royale.

–No me puse verde. Pero si estás tan preocupado

por lo que pueda pasarle a la casa de Essie, hay una solución muy sencilla —dijo apartando la calculadora—. Cómprala tú.

—¿Esta casa? ¿Yo? ¿Por qué iba a quererla?

—La pregunta sería: ¿porqué no ibas a quererla? —murmuró Gina.

—Mira, querida, si estás diciendo que debería honrar la herencia de los Kerrigan conservando la propiedad familiar…

—Claro que no, eso sería estúpido.

—Bien. Por lo menos veo que no veneras algo viejo y que no tiene ningún valor.

—No quería decir que sería estúpido conservar la propiedad familiar. Lo que sí sería estúpido es esperar que tú la apreciaras y la conservaras. Pero creo que el hecho de comprarla encajaría con tu forma de pensar. ¿Por qué ibas a dejar escapar la oportunidad cuando parece que estás dispuesto a comprar todo lo demás?

Ya estaba anocheciendo cuando Gina cerró con llave la puerta del museo después de que Dez se marchara. Apagó las luces de la entrada pero no subió a su oficina, sino que se quedó al pie de la escalera, pensando. ¿Y si Dez tenía razón? ¿Había sido demasiado optimista pensando en lo que le ocurriría a la casa de Essie si trasladaban el museo?

«Le debes responsabilidad al museo», se recordó. «No a Essie». Durante muchos años, Essie y el museo habían sido inseparables. ¿Y si lo que era mejor para el museo no era lo que Essie hubiera aprobado?

—Tienes que hacer lo que sea mejor para el museo —se dijo firmemente—. Ese es tu trabajo.

Pero aunque era verdad, no se sentía cómoda con

la idea de ir en contra de lo que Essie hubiera querido. Después de todo lo que había hecho por ella, Gina se sentía como si le estuviera dando la espalda a su mentor. Pero aún. Se sentía como si le estuviera sacando la lengua, igual que hacían los niños en el colegio cuando Essie no los veía.

Los niños solían llamarla «la Vieja Essie», y todos decían que era severa y que no tenía sentido del humor. Essie enseñaba historia y lo hacía a la vieja usanza, sin usar métodos modernos que ella consideraba tontos. Y los niños aprendían.

Gina había oído muchas historias y advertencias, por eso, el primer día que entró a la clase de Essie mantuvo la cabeza baja e intentó no llamar la atención. Pero Essie se fijó en ella, y ahora Gina le estaba pagando su interés y confianza destruyendo la casa. Al menos, eso es lo que Dez Kerrigan había intentado hacerle creer.

Como si a él le importara lo que le pasara a la casa de Essie. Seguramente no habría planteado la pregunta si ella hubiera aceptado quedarse con la iglesia de St. Francis como un sustituto. Pero en cuanto ella la hubo rechazado, empezó a emplear otras tácticas.

En realidad la verdadera intención de Dez no había cambiado. Gina se preguntó hasta dónde llegaría para conseguir distraerla del Tyler-Royale. Aunque había algo en lo que Dez Kerrigan tenía razón: necesitarían un milagro para salvar el edificio. Tal vez por eso ni siquiera le había preguntado por la entrevista, porque ya había tomado una decisión.

Dez no tenía ninguna intención de ver las noticias de la noche. No importaba lo que Gina pudiera haber dicho ante las cámaras, no lo haría cambiar de opinión. Haría mejor en revisar los informes preliminares que se había llevado a casa, e incluso en esbozar un par de bocetos para pasárselos a los arquitectos.

Lo que Gina Haskell hiciera no era su problema. Le había ofrecido la mejor opción y no había querido aceptarla, así que no tenía por qué preocuparse por lo que hiciera. Aunque en realidad sí que era su problema, porque tenía que decidir qué hacer con el edificio.

Alargó la mano hacia el mando a distancia, y en cuanto la televisión se encendió aparecieron los enormes ojos marrones de Gina llenando la pantalla. El cámara debía de estar hipnotizado, pensó Dez, a juzgar por cómo le había enfocado los ojos, haciendo caso omiso de todo lo demás. Dez no lo culpaba. Esos ojos eran lo suficientemente grandes y profundos como para hacer perder el sentido. Y no tenía que buscar demasiado lejos para encontrar un ejemplo. Él mismo había deseado media docena de veces que Gina hubiera elegido el jacuzzi en vez de la cafetería.

—Desde luego —decía Gina con seriedad—. Creo que sería un museo maravilloso, pero no depende de mí. El edificio pertenece a Dez Kerrigan, y él decidirá lo que debe hacer con él.

Dez se quedó boquiabierto. Gina estaba admitiendo, y lo hacía en público, que la decisión era solamente suya y que ella no tenía nada que ver.

—Pero estoy segura de que todos los habitantes de Lakemont tienen una opinión, y espero que se la hagan saber al señor Kerrigan.

«Debería haberme imaginado que no sería tan fácil», pensó Dez.

—Eso es una buena idea —dijo Carla—. Tal vez deberíamos salir a la calle para ver qué piensa la gente.

En la siguiente toma aparecía Carla fuera del edificio deteniendo a los viandantes para preguntarles lo que creían que debería hacerse con el edificio. Alguien dijo que se podría transformar en un hotel y otra persona afirmó que sería un buen mercadillo.

Dez puso los ojos en blanco.

—Una cárcel —dijo una mujer triunfantemente—. ¡Habría espacio para muchos reclusos!

Carla se volvió hacia la cámara.

—Mañana ahondaremos aún más en la historia del edificio, nos fijaremos en su decoración y descubriremos su significado de la mano de Gina Haskell.

Gina volvió a aparecer señalando la parte superior del edificio. La cámara siguió su mano y se detuvo en un rostro modelado en el interior de un medallón que vigilaba la ciudad desde el borde del friso de terracota.

Habría sido estupendo que el medallón se desprendiera en ese mismo instante del lugar en el que había estado durante más de un siglo. No es que quisiera que le cayera a Gina Haskell en la cabeza, pero sería la excusa perfecta para hacer ver a la gente que había que ser práctico.

«Una cárcel». Lanzó un gruñido y volvió a los bocetos.

Lo que menos le gustaba a Gina de su trabajo era que, además de la directora del museo, también era la relaciones públicas y quien se encargaba de recaudar fondos. Essie siempre había estado rodeada de amigos que la ayudaban, pero Gina se encontraba ante unos extraños.

«Un montón de extraños», pensó mientras el domingo por la tarde salía del taxi, justo enfrente de la casa de Anne Garrett. La calle estaba llena de coches y había mucha gente esperando en la puerta. Pagó al conductor y se unió al resto de invitados, intentando no pensar en cuánto odiaba los cócteles y lo inútiles que le parecían. Pero por lo menos podría intercambiar tarjetas de visita, y cuando el consejo directivo del museo decidiera qué hacer, podría llamar a esa gente y recordarles dónde se habían conocido.

Gina estaba a punto de entrar cuando un hombre que se encontraba en el vestíbulo se acercó a ella. Gina se fijó en su mirada y se preparó para lo peor.

–Hola, señor Conklin.

Jim Conklin ni siquiera se molestó en saludarla.

–¿A qué está jugando? Aparece en la televisión y se dedica a hacer pactos a diestro y siniestro sin ni siquiera pedir permiso. El consejo la nombró directora del museo, no dictadora en jefe.

«Dictadora en jefe, eso es gracioso», admitió Gina.

–¿Ha hablado con el presidente? –bramó.

–Todavía no –contestó Gina–. He estado intentando localizarlo. Pero me encantará ofrecerle a usted y a los otros miembros del consejo un informe completo en la reunión de la semana que viene.

–Después de que lo haya arreglado todo a su manera, supongo.

Ella empezó a decir que habría convocado una reunión antes si hubiera algo de lo que informar, pero Jim Conklin no la dejó hablar.

–Si cree que el consejo le va a dar el visto bueno a sus decisiones –dijo de mal talante–, está equivocada. Siempre dije que cometimos un error ofreciéndole a usted el trabajo, solo porque Essie quería que usted lo tuviera. Usted es como ella, piensa que el museo le pertenece.

Gina se dio cuenta de que detrás de Conklin había una mujer alta y rubia que parecía estar mirando en su dirección. Le resultaba vagamente familiar, tal vez de otro cóctel.

—¿Quiere prestarme atención cuando le estoy hablando? —dijo Conklin bruscamente.

Gina ya había tenido bastante.

—Cuando está hablando, sí —dijo con suavidad—. Así que, si quiere pasarse por mi oficina en los próximos días y discutir esto racionalmente en vez de gritar...

—Yo también trabajo. No tengo tiempo de ir al museo cada vez que usted quiera charlar. Ya he perdido mucho tiempo buscando un experto que venga a la reunión la semana que viene para hablar de sus ideas de ampliación, pero al ver las noticias me entero de que usted ha desechado la idea de construir nuevas alas y que en vez de eso está planeando adoptar el edificio Tyler-Royale.

Alguien dijo detrás de Gina:

—Yo creo que eso es un voto en contra de trasladar el museo —ella se giró y Dez le tomó la mano para darle una copa de champán—. Discúlpenos, señor, pero Gina y yo tenemos muchas cosas de qué hablar.

Ella podría haberse resistido, pero por lo menos sabía que a Dez no le gustaba que todo el mundo se enterara de lo que hablaban, a diferencia de Jim Conklin. Dez comenzó a atravesar la multitud y cuando estaban en mitad del salón un hombre lo detuvo y le dijo:

—Ya que está pidiendo ideas sobre lo que hacer con el edificio, creo que debería convertirlo en un parque de atracciones. Vacíelo y ponga montañas ru-

sas. Así no habrá que preocuparse si hace mal tiempo
–se rio alegremente y se alejó sin esperar una respuesta.

«Dios mío», pensó Gina. ¿Qué era lo que Dez había dicho? «Gina y yo tenemos muchas cosas de qué
hablar». Tenía la sensación de que no iba a ser nada
bueno. Intentó quedarse atrás, pero Dez se aseguró
de mantenerla a su lado mientras seguía abriendo camino entre la multitud. Pronto atravesaron el salón y
se encontraron en una terraza.

–¿Adónde me llevas? –preguntó Gina–. Porque si
vamos a ir muy lejos, tal vez debería ir a casa y hacer
la maleta.

Dez se detuvo junto a un carrito de metal lleno de
orquídeas y se volvió para mirarla.

–No, con lo que llevas puesto es suficiente –dijo
mirándola de arriba abajo–. Pero veo que tu gusto
con los zapatos no ha mejorado. Evidentemente, me
equivoqué en una de mis suposiciones.

–¿Solamente en una? Yo por lo menos he contado
una docena.

–El museo debe de pagarte más de lo que suponía,
si puedes comprarte vestidos como ese.

No estaba dispuesta a explicarle cómo se las arre-
glaba para vivir con el sueldo que le pagaban.

–Gracias –dijo lo más dulcemente que pudo–. Y
sí, tienes razón, es de diseño. En realidad, es único.

«Sobre todo después de comprarlo en la tienda de
segunda mano y hacerle los arreglos», añadió para sí.

–Supongo que aquel hombre era uno de los miembros del consejo –dijo Dez–. Parece que hay ciertos
desacuerdos.

Gina bebió un poco de champán.

–En todas partes ocurre lo mismo, y cuando hay

que tratar con un grupo de directivos en el que cada uno piensa que es el jefe... bueno, seguro que ya has podido comprobarlo con tu propio consejo directivo.

—No tengo consejo directivo. En realidad en la compañía solo hay un jefe.

—No me sorprende que puedas tirar el dinero como si fuera confeti —murmuró Gina.

—Por lo menos es mi dinero, pero tú solo puedes lanzar ideas baratas. «Espero que todos comuniquen su opinión al señor Kerrigan» —dijo imitándola—. Enhorabuena, te han hecho caso.

—¿Lo dices por el tipo que ha propuesto lo del parque de atracciones?

—Y no ha sido el único que me ha dicho lo que piensa. Una colonia de artistas, una rampa para patinetes e incluso una fábrica donde cultivar tomates. Mi idea favorita era la de convertirlo en un zoológico, pero solo si te puedo echar a los leones. En los últimos dos días todo el mundo me ha contado sus ideas estrambóticas.

—A mí me gusta la colonia de artistas —dijo Gina—. Grandes estudios con muchísima luz natural.

—En realidad, lo único que nadie ha mencionado ha sido un museo. ¿No te da nada que pensar?

—Bueno —dijo Gina razonablemente—. Esto parece haberse convertido en un juego, así que, cuanto más estrafalarias sean las ideas, más les gustarán a la gente. Y si convertir el edificio en un museo es algo sensato, por supuesto que será lo último que la gente te proponga.

—Pero al llegar aquí esta noche me doy cuenta de que ni siquiera te lo estás tomando en serio.

Gina frunció el ceño.

—¿Cómo has llegado a esa conclusión?

—Porque estabas hablando con el miembro del consejo de añadirle alas a la casa de Essie. ¡Alas! No solo es la peor idea que he oído, sino que además…

—Dez, si te preocupa la casa, ya te he dicho cómo puedes protegerla.

—¿Comprándola? No, gracias. Además, no me parece que los directivos quisieran venderla.

—No los juzgues a todos solo por lo que ha dicho Jim Conklin. Hay otros que no están tan entusiasmados con la idea de ampliarla.

—Por lo menos algunos parecen tener los pies en la tierra.

—Bueno, es que sería una pena construir un cubo de vinilo blanco junto a la fachada y cubriendo la torre.

Dez la miró con los ojos entornados y Gina pensó que tal vez había ido demasiado lejos. Él tenía que saber que no le haría nada a la casa que pudiera perjudicarla.

—Añadirle construcciones a esa casa sería algo estúpido —dijo Dez con voz monótona.

Gina se encogió de hombros.

—Entonces, ofréceme otras opciones. Y no empieces esta vez con la iglesia de St. Francis.

La rubia alta que había estado observando a Gina bajó los dos escalones que llevaban a la terraza.

—Siento interrumpir, pero es que tengo que asegurarme. Gina, ¿eres tú?

—Lo siento, pero no te recuerdo.

—No, claro que no —la rubia se acercó y le tendió la mano—. Jennifer Carleton. Estábamos juntas en el instituto, debíamos de tener unos trece años. He cambiado un poco desde entonces.

Gina recordó a la mujer, aunque ella no habría dicho que fueron al instituto juntas, sino al mismo tiempo, porque no hubo ni una sola clase o actividad que compartieran.

–Ha pasado mucho tiempo.

Jennifer sonrió. Tenía unos dientes blancos y rectos, y por un momento a Gina le pareció que estaban afilados.

–Sí, pero tú no has cambiado mucho. En realidad lo que me ha hecho fijarme en ti ha sido tu vestido. Es exactamente igual a uno que yo tenía.

–Qué coincidencia –contestó Gina sin alterarse.

–¿Verdad que sí? Estoy muy decepcionada con el diseñador, que me aseguró que era único. Me pregunto adónde pudo ir a parar el mío… Ah, sí, ahora lo recuerdo, lo doné a una tienda de segunda mano. Dez, cuando tengas un momento…

–Perdonad, os estoy entreteniendo –dijo Gina educadamente–. Dez estaba tan ansioso de tenerme para él solo que ni siquiera he podido saludar a la anfitriona todavía –cruzó la terraza con la cabeza bien alta.

Gina subió los escalones mientras veía por el rabillo del ojo que Jennifer se agarraba al brazo de Dez.

–Tengo que hablar contigo de los planes para el baile anual –le dijo Jennifer–. Uno de los miembros del comité pensó que sería divertido si este año se celebra en el atrio del Tyler-Royale.

«Un baile público. Aquí tienes otra posibilidad, Dez».

Era la primera vez en su vida que Gina se mezclaba entre la multitud en un cóctel con una sensación de alivio y entusiasmo. Solo tenía que mantenerse alerta para asegurarse de que no volvía a encontrarse con Jim Conklin ni con Jennifer Carleton.

«Alguna vez tenía que ocurrir», pensó Gina filosóficamente. «Si compras ropa en las tiendas de segunda mano y te las pones en acontecimientos como este…». Pero no le había pasado antes, a menos que los anteriores dueños de las prendas hubieran tenido más tacto que Jennifer Carleton.

No veía a Anne Garrett por ninguna parte, así que tomó otra copa de champán y empezó a circular entre la multitud. Estaba tan pendiente de Conklin y de Jennifer Carleton que se encontró de cara con el director ejecutivo de Tyler-Royale antes de haberlo visto. En realidad, lo golpeó en un codo cuando se inclinaba sobre la mesa para tomar un canapé.

—Perdón —dijo automáticamente—. Es la primera vez que veo esculpir el hielo de esta forma. Y además es práctico, crear un caparazón y poner las gambas dentro —levantó la mirada—. Señor Clayton… ¿aún está en la ciudad?

«Qué pregunta más estúpida», se dijo a sí misma. «Evidentemente, no está en Tokio».

Él sonrió.

—Y creo que todavía me quedaré algún tiempo más. Hay que hacer mucho papeleo cuando se cierra un almacén. Es una de las razones por las que odiamos cerrar.

—Ya me imagino.

—Pero me alegro de verla de nuevo. Tengo que darle las gracias.

—¿Por qué? —preguntó Gina con aire vacilante.

—Por la oleada repentina de clientes que estamos teniendo. En los últimos días el público ha aumentado en un treinta por ciento, y dos tercios de los visitantes dicen que quieren que el edificio se conserve, como decía en televisión la mujer del museo.

Gina frunció el ceño.

—¿Eso significa que han decidido mantenerlo abierto?

—Oh, no. He dicho que ha aumentado el número de visitantes, no las ventas. Pero ha sido muy interesante, todo el mundo tiene alguna idea sobre lo que debería hacerse con el edificio. Estamos recogiendo todas las sugerencias, y cuando escucho alguna especialmente buena llamo a Dez y le dejo un mensaje en el contestador.

—¿No responde al teléfono?

—Dejó de contestar ayer, aunque solo puedo suponer por qué. Así que todavía no sé cómo ha reaccionado ante la última idea de transformarlo en el centro de reciclaje más grande del mundo.

Anne Garrett se acercó a ellos y alargó una mano para tomar un canapé.

—Hola, Ross. Gracias por enviarme al escultor de hielo. Espero que no lo despidas cuando cierre el almacén, pero si lo haces, quiero su número de teléfono. Gina, me alegro de que hayas venido, porque tenemos que hablar —sacudió la cabeza con un gesto que parecía de asombro—. Nunca pensé que serías tan buena aceptando consejos.

—¿Es eso un problema? —preguntó Gina con cautela.

Dez alargó la mano por encima del hombro de Gina y pinchó una gamba con una brocheta de plástico.

—¿Que es buena aceptando consejos? ¿Gina? Esto tengo que oírlo.

CAPÍTULO 5

GINA intentó transmitirle un mensaje a Anne con la mirada. «Sea lo que sea, este no es buen momento para discutirlo». Pero Anne no la estaba mirando, estaba sonriendo a Dez.

—He oído —dijo Anne pausadamente— que estás pensando en construir una pista de esquí en el Tyler-Royale, con climatización durante todo el año…

Dez adoptó el aire de un cachorro herido.

—Anne, si quieres que me vaya, solo tienes que pedírmelo, no hace falta que me des una patada cuando estoy deprimido.

—Es bueno que alguien te baje el ego de vez en cuando —respondió Anne.

—¿Qué consejo es el que le has dado a Gina? —preguntó Dez.

—No meterse en los asuntos de los demás.

—¿Y crees que te ha escuchado? Eso sí que es gracioso —agarró un plato con algunos aperitivos—. Voy a ver si encuentro a ese miembro del consejo. ¿Conklin? Era así como se llamaba, ¿no, Gina?

A Gina no le importaba a quién fuera a buscar, con tal de que se marchara. En cualquier caso, seguramente estaba intentando fastidiarla haciéndole creer que iba a intercambiar impresiones con Conklin. En cuanto se hubo alejado, Gina se volvió hacia Anne.

—¿De qué estás hablando? ¿Qué es lo que ocurre?

–Pensé que debería decirte que el consejo que parece que has puesto en marcha no es el que te di.

–Dijiste que leyera el periódico, y luego lo único que hice fue sumar dos más dos.

–Y la suma te dio dieciséis. Te dije que deberías pensar a una escala mayor, pero no tanto.

–Pero el artículo del Tyler-Royale estaba en la portada…

Anne asintió con la cabeza.

–Es verdad, no podías pasarlo por alto. Pero nunca pensé que creerías que yo estaba hablando del edificio. Por lo que se ve, no pasaste de la primera página.

Gina comenzó a sentir un zumbido en los oídos, como si algo en su cerebro estuviera desafinado. ¿Anne no la había puesto sobre la pista del almacén? ¿No le había sugerido que intentara conseguirlo?

–Ojeé todo el periódico. Pero pensé que querías llamarme la atención sobre el almacén que iba a cerrar, y que no podías decírmelo porque podrías quedarte sin exclusiva. Entonces, ¿de qué estabas hablando?

–En la página de la editorial había una columna sobre el museo. Me gustó tanto la visita que decidí escribir sobre el tesoro escondido del condado de Kerrigan, sugiriendo que todo el mundo fuera a visitarlo.

–Ni siquiera lo vi. Ha aumentado un poco el número de visitantes, pero pensé que era por la polémica.

–Seguro que lo es –admitió Anne–. Mi artículo solo era una divagación sobre lo bien que lo había pasado. Y el titular podría haber sido mejor. Si hubiera aparecido el nombre del museo, te habría llamado la atención. Pero no tengo mucho control sobre ese tipo de titulares.

–¿Incluso si el artículo lo has escrito tú? –preguntó Gina, totalmente aturdida.

–Incluso así. Si hubiera sabido al escribirlo que ibas a empezar a recaudar fondos, lo habría hecho de otra manera, pero la columna ya estaba escrita por la mañana, era tarde para cambiarla.

–Pero si no me estabas sugiriendo que intentara conseguir el edificio Tyler-Royale…

–No. Ni siquiera se me había ocurrido. Eso solamente fue idea tuya, Gina.

–Vaya metedura de pata –la voz de Gina era solo un susurro. ¿Cómo podía haber sido tan tonta?

–O una idea brillante –dijo Anne–. Estaré atenta para ver lo que ocurre. Mientras tanto, tienes que empezar a pedir dinero ahora que la gente parece estar dispuesta a ofrecerlo. Y tendrás que organizar una campaña. ¿Te parece si comemos un día de la semana que viene y hablamos de ello?

–Pero si hago una campaña para convertir el Tyler-Royale en un museo y luego no consigo el edificio…

Anne sacudió la cabeza.

–No, no, eres muy pesimista, y así no vas a lograr nada. Recaudaremos fondos para una ampliación del museo, sin especificar demasiado cómo se va a emplear el dinero. Oh, hay alguien en la puerta con quien quiero hablar antes de que se vaya. Hablaremos de todo esto en la comida… llámame a la oficina.

Gina asintió, atontada. Quería esconderse debajo de la mesa. O mejor aún, podía meter la cabeza en el ponche y ahogarse. Pero cuando la primera impresión se hubo desvanecido, su mente comenzó a funcionar otra vez. El hecho de que la idea hubiera sido totalmente suya no significaba que fuera mala. Tal vez era una idea brillante, como había dicho Anne. En realidad, había mucha gente que estaba de acuerdo.

«Pero ellos no son quienes tienen que conseguir que todo funcione», pensó.

No podía permitirse esos pensamientos derrotistas si iba a llevar a cabo una buena campaña para recaudar fondos. El realismo era una cosa, y el pesimismo, otra. Y no podía rendirse. Ya había ido demasiado lejos como para admitir que todo había sido un malentendido. Si la directora del museo perdía credibilidad, también la perdería la institución.

De repente Gina se dio cuenta de que la mayoría de la gente se había marchado. El nivel de ruido había disminuido considerablemente, y los camareros estaban recogiendo los vasos vacíos y los platos.

Encontró a Anne Garrett en la puerta, despidiendo a los invitados.

–¿Puedo usar el teléfono para llamar a un taxi? –preguntó Gina.

–Por supuesto –contestó Anne–. Pero si quieres mi consejo…

–Solo si me lo das por escrito.

Anne se rio.

–Te aconsejaría que conocieras mejor a tu adversario. ¡Dez!

Dez, que estaba apoyado en una puerta que daba al comedor, se volvió con calma y Gina puedo ver que estaba hablando con Jennifer Carleton.

–Dez, Gina necesita que la lleves –dijo Anne.

–¿Tomas el mismo camino que yo? –preguntó Dez perezosamente.

–Solo si vas a la oficina, supongo.

–En realidad no pensaba volver al trabajo esta noche. A menos que Anne y tú le hayáis dado un nuevo giro a la conspiración y no me quede más remedio.

–En absoluto. Pero no quiero molestarte si ya tienes planes.

Anne giró la cabeza.

–Qué educada –se burló–. Dejadlo ya y salid de aquí.

Dez le ofreció el brazo a Gina y ella lo aceptó, pero en cuanto se hubieron alejado lo suficiente como para no ser vistos, se detuvo.

–Hablo en serio. A lo mejor Jennifer quería que la llevaras a casa.

–Entonces habrá quedado decepcionada.

–Podrías llamar un taxi y dejar que me fuera.

Dez le dio las llaves del coche al botones y la miró.

–Bueno, tampoco estoy pensando en matarte y enterrar tu cuerpo. Anne sabe que te has ido de la fiesta conmigo, y no me gustaría aparecer como sospechoso en primera plana del *Chronicle*, no sería bueno para mi reputación.

–Pensaba que no te importaba tu reputación.

–Y yo también lo pensaba –dijo seriamente–. Pero gracias a ti me he dado cuenta de lo mucho que significa.

Gina se rio.

–Muy bien, si no te importa llevarme… supongo que en cierta forma te estoy haciendo un favor.

El botones regresó con un elegante coche deportivo que a Gina le pareció de un color verde oscuro, aunque no podía estar segura, porque no había mucha luz. Dez le abrió la puerta y luego dio la vuelta al coche para ponerse al volante.

–¿Cómo me estás haciendo un favor? –preguntó con recelo.

–Por lo menos Jennifer ya no te sigue engatusando para conseguir su baile anual.

–No me estaba engatusando.

–Entonces ha cambiado. Lo siento, no debería haber dicho eso –«aunque es verdad», pensó.

–Al principio intentó sonsacarme. Luego se hizo la víctima, y supongo que lo siguiente habría sido fastidiarme un poco. Aún no se ha dado cuenta de que no va a conseguir nada con sus manipulaciones.

–Me siento como si en todo eso hubiera un mensaje oculto para mí –musitó Gina.

–Tienes buenos instintos, querida. ¿Hacia dónde vamos?

–Un par de manzanas pasando el museo, en Belmont Street. ¿Entonces el baile no se va a celebrar en el Tyler-Royale? Pero todavía quedan unos meses, no es hasta noviembre.

–En el negocio inmobiliario, unos meses pueden serlo todo.

–Eso significa que ya has tomado una decisión, si estás planeando derribar el edificio en noviembre. ¿Qué vas a construir en su lugar?

Él la miró.

–Lo dices muy tranquila.

Gina se encogió de hombros.

–Bueno, siempre me estás diciendo que lo que hagas con el edificio no es asunto mío.

–Ya sabes que no te lo voy a decir.

–¿Por qué no? Carla ya me ha puesto al día de todos los comentarios y especulaciones. ¿No sería mejor que me lo dijeras tú mismo? –Dez la miró como si se hubiera vuelto loca–. ¿Por qué quieres mantenerlo en secreto?

–¿Qué te ha contado Carla?

Lo preguntó aparentando indiferencia, pero Gina no se dejó engañar.

–¿Por qué debería darte la satisfacción de decírtelo?

–Porque tal vez podrías adivinar la verdad dependiendo de cómo reaccionara yo.

–Eso podría ser divertido –admitió Gina–. Muy bien. Dice que lo que se rumorea es... ¿Cuánto tiempo estuviste saliendo con ella?

–¿Con Carla?

Gina asintió con la cabeza.

–No intentes negarlo.

–Solo salí con ella una vez, si a eso puede llamársele cita.

–¿Solo una vez? Por eso Carla no es totalmente neutral cuando habla de ti. ¿Qué hiciste? Ah, ya sé. No la volviste a llamar.

–Me manipularon para que la acompañara al baile el año pasado.

–Creí que habías dicho que a ti no se te podía manipular –dijo Gina suavemente–. Pero no hace falta que me lo expliques. Según Carla, se dice que quieres aumentar tu imperio con una torre de apartamentos y un centro comercial.

–Hey, la próxima vez que veas a Carla dale las gracias de mi parte. Pensaré en esa idea.

–¿Quieres decir que no has pensado en esa posibilidad? De todas formas, no creo que sea verdad –Dez la miró burlonamente–. Lo de la torre de apartamentos, puede ser, pero, ¿un centro comercial? Si unos grandes almacenes como los de Tyler-Royale no han conseguido sobrevivir en esa zona, tampoco lo hará un centro comercial.

—Te olvidas de toda la gente que vivirá en los apartamentos. Tendrán que comprar la comida en alguna parte.

—No creo que sea eso lo que estás pensando. Habrías esquivado la pregunta con más diplomacia. Gira a la derecha. Vivo en una de esas casas, en la tercera. Por cierto, gracias por el paseo.

Dez acercó el coche a la acera.

—¿No me vas a invitar a tomar un café?

—No tengo café de avellana.

—Solo quiero ver cómo es por dentro. Estas casas solían ser muy elegantes cuando la casa de Essie era una mansión.

—La casa de Essie todavía es una mansión.

—No si le haces todo lo que Jim Conklin dice que vas a hacer.

El problema, pensó Gina, era que no sabía lo que le había dicho Conklin, fuera verdad o no, y en la voz de Dez había notado cierta advertencia...

—Pensándolo bien, ¿quieres entrar y tomar un café?

—Me encantaría —apagó al motor—. Creí que no lo ibas a decir nunca.

Gina comenzó a subir las escaleras, que crujieron a la altura del apartamento del piso inferior. Una puerta se abrió y alguien los observó.

—Hola, señora Mason —dijo Gina.

La mujer resopló y cerró la puerta.

—Qué vecinos tan agradables —murmuró Dez—. ¿O tienes por costumbre traer a hombres para que ella los examine? Y si es así, ¿qué crees que pensará de mí?

Gina lo ignoró. Aunque siempre le habían gustado los techos altos y los grandes ventanales, aquella noche el apartamento le pareció más pequeño y con el aire más viciado. Aunque a lo mejor era por la presencia de Dez, pensó.

Lo estuvo vigilando mientras hacía el café, extra fuerte, porque no era su problema si Dez no pegaba ojo en toda la noche. Él parecía estar memorizando el lugar.

—Todavía hay una cosa que me tiene intrigado —dijo él.

—¿Solo una?

—Bueno, puede que dos, ahora que lo dices. Tal vez tres. ¿Por qué mantenéis en secreto que estáis planeando añadir estructuras a la casa de Essie?

—Yo no lo llamaría un secreto —dijo sacando una taza del armario.

Dez sacudió la cabeza.

—Siempre estoy al día de lo que ocurre en Lakemont, y no he oído nada. No hay chismorreos entre los arquitectos ni entre los ingenieros. Nada.

—Es fácil explicar por qué. No has oído nada porque todavía no hemos consultado a nadie —lo miró de reojo. ¿Se estaba poniendo verde?

Por lo menos, pensó Gina, acababa de experimentar una de las mayores emociones de la vida: dejar a Dez Kerrigan sin habla.

Se compadeció de él.

—Era solo una idea, no un plan. Todavía no hemos consultado a ningún experto porque solo habíamos empezado a pensar en construir las alas cuando de repente el Tyler-Royale apareció como una posibilidad.

—No es ninguna posibilidad —dijo Dez.

—Desde luego que no lo es si insistes en tirarlo abajo. ¿Pero realmente crees que hay suficiente gente que quiera vivir en el centro como para que una torre de apartamentos sea rentable?

Dez no contestó. Gina llenó la taza de café y cuando finalmente lo miró se dio cuenta de que estaba uniendo los dedos índices de las manos en un gesto que a ella le traía muchos recuerdos.

–Debería darte vergüenza –dijo él con suavidad–. Pensé que no te habías creído las conclusiones de Carla.

«Ah, sí, Carla y la torre de apartamentos», pensó Gina.

Dez agarró la taza y dijo:

–Así que habéis estado planeando añadir nuevas naves a la casa de Essie aun sin saber si es posible o sensato.

–Claro que es posible. Si tienes suficiente dinero, hasta podrías añadir el ala de un museo a un avión. Y en ese vecindario podemos edificar hasta la línea de propiedad sin un permiso especial.

–Simplemente por eso deberías haberte parado a reflexionar.

–¿Por qué?

–Porque si vosotros podéis hacerlo, también pueden los vecinos.

Gina se encogió de hombros.

–No creo que eso cambie las cosas. Nosotros no vamos a hacerlo, y tampoco los vecinos.

–Deben de ser gente muy agradable, como la mujer de abajo.

–Hablando de la señora Mason –dijo Gina–, te agradecería que, cuando te fueras, te aseguraras de pisar el escalón que cruje.

–¿Para que sea evidente que me he ido? Si merece la pena, daré saltos encima del escalón.

–No será necesario. ¿Y por qué te preocupa lo que hagamos con el museo? No tienes nada que ver con la casa de Essie –las palabras resonaron en la cabeza de Gina, como si tuvieran otro significado que no era capaz de ver. Frunció el ceño, pero antes de poder pensar en ello Dez siguió hablando.

–La otra cosa que no entiendo es que estás deseando vender la casa de Essie. Adoras todo lo que ella poseía, pero estás dispuesta a entregar la casa al mejor postor, sin importarte lo que puedan hacer con ella.

–Eso no es verdad, Dez. Me aseguraré de que tenga un propietario adecuado. Y sería mucho mejor que se convirtiera otra vez en un hogar, en vez de dividirla en secciones para transformarla en galerías del museo.

–Pero tú no puedes asegurarte de eso. No es tu decisión, sino la del consejo, y ellos querrán hasta el último dólar que puedan conseguir –Gina se mordió el labio consternada. Tenía razón en eso. Iban a necesitar hasta el último centavo–. Y no me vayas a decir que Jim Conklin no dormirá por las noches preguntándose si la casa de Essie terminará en buenas manos. ¿Te importa si me pongo otra taza de café?

Gina movió vagamente una mano hacia la cafetera. ¿Por qué ella no había podido ver lo que era tan evidente, cuando para Dez estaba tan claro?

«Porque no quieres pensar en la realidad, por eso».

La casa de Essie no iba a dar mucho dinero. Pero el consejo directivo querría sacar lo máximo posible si luego había que buscar otro edificio donde meter el museo. No podía culparlos por eso, era sensato. Además, no podían pedir dinero público si además regalaban el único bien que poseían. Y había otro problema en su plan perfecto. Quien se quedara con la casa, una familia joven con las suficientes energías para reformarla, no estaría en disposición de pagar mucho por ella. Si pidieran mucho por ella, no tendrían dinero suficiente para las reformas…

Finalmente dijo:

—Nos preocuparemos por eso cuando llegue el momento.

—Muy sensato. Porque ese momento no llegará a menos que encuentres otro edificio que te guste más —explicó.

Gina lo ignoró y comenzó a limpiar la cafetera, echando por el desagüe el resto del café. El aroma caliente y amargo casi la asfixió. ¿Cómo podía él beberse algo así?

—Supongo que eso significa que no puedo tomar una tercera taza —murmuró Dez—. Me gustaría saber una cosa más. ¿Por qué Essie era tan especial para ti? Por lo que sé, solo era una vieja aburrida.

—Puede que pienses así porque eras un niño aburrido cuando hiciste esa valoración.

—Vale, me lo merezco. Pero tú debías de tener la misma edad que yo cuando decidiste que era una persona interesante. Dijiste que llevas diez o doce años por aquí. ¿Cuántos años tenías?

—Trece —dijo sin mirarlo.

—Por entonces debías de estar en el instituto con Jennifer Carleton.

—Sí, supongo que sí.

—¿Qué era lo que te fascinaba de Essie?

—Se podría decir que era mi ídolo.

Él se acercó.

—¿Essie? Estás bromeando. Tuvo que haber algo más.

–La verdad es que no –Gina terminó de limpiar la cafetera y la dejó a un lado–. Todo empezó como un trabajo. Primero tuve que hacer el inventario de la colección.

–¿Dejaba que una niña de trece años manejara sus cosas?

–Siempre bajo supervisión.

–Imagino.

–Y mientras trabajaba con ella y escuchaba sus historias…

–Sus aburridas historias…

–No era monótona ni aburrida. Y seguramente te habría interesado todo lo que decía, porque hablaba de los primeros tiempos del condado de Kerrigan y de tus antepasados. ¿Cuántas cosas sabes de Desmond Kerrigan, por ejemplo?

–En realidad no quiero saber demasiado. Así que trabajabas para ella y te acostumbraste a escuchar sus cuentos.

–Me acostumbré a apreciar la historia –corrigió Gina.

–Entonces Essie forjó tu carácter.

–Cambió el curso de mi vida.

Dez se quedó callado durante unos momentos. Gina enjuagó el fregadero, se secó las manos y se dio la vuelta. Él estaba mucho más cerca de lo que pensaba.

–Gracias –dijo Dez con seriedad.

–El café me sale mejor cuando no tengo prisa.

–No me refería al café. Gracias por haberte hecho amiga de una mujer mayor que no debería haber estado tan sola.

Gina se quedó boquiabierta. ¿Era arrepentimiento lo que se reflejaba en su voz?

–Puede que sus historias te parecieran aburridas –dijo finalmente–. Pero para mí eran emocionantes.

Él sonrió.

–Debiste de haber sido muy especial para ella.

Dez no esperó una respuesta. La miró, le levantó la cabeza y la besó suavemente. Gina se quedó quieta, demasiado sorprendida como para responder al beso. Él casi no la estaba tocando, solo dejaba reposar los dedos en el hueco justo debajo de la barbilla, pero Gina sintió que todas sus terminaciones nerviosas se estremecían.

Cuando Dez levantó la cabeza, ella tuvo que hacer un esfuerzo para que no le temblara la voz.

–Y supongo que esa es tu manera de darme las gracias por lo que hice con Essie.

–Por supuesto.

–Me alegro de que ese punto quede claro –dio un paso atrás–. Buenas noches, Dez.

Él no se movió.

–La próxima vez no será así. Será una lección de cómo besar.

–Gracias, pero no necesito ninguna lección.

–Claro que sí. Avísame cuando estés preparada.

Antes de que ella pudiera contestar, Dez ya se había ido. Al cerrar la puerta con llave escuchó crujir el escalón. Así que se había equivocado con Dez Kerrigan, sí que tenía una vena sensible. Al final se había dado cuenta de que echaba de menos no haber conocido mejor a Essie.

El primer día de clase con Essie había tenido mucho miedo, pero hacía mucho tiempo de eso, y casi sentía como si le hubiera pasado a otra persona.

«Porque entonces eras una persona diferente», pensó Gina. Y ese cambio se lo debía a Essie.

Y además, lecciones de cómo besar. Aunque no había estado mal. Vaya una forma más extraña de disimular un momento de emoción incontrolable, tomarle el pelo con darle clases de cómo besar. Sin duda Dez pensaba que estaría tan emocionada que se olvidaría de que él había tenido un momento sensiblero con Essie. Pero ella no se había distraído. Ni lo más mínimo.

CAPÍTULO 6

GINA le echó un último vistazo a lo que había sido el cuarto de estar de Essie Kerrigan, convertido en la sala de conferencias y reuniones del museo. Era lunes por la tarde y la mesa estaba preparada para recibir al consejo directivo. Había ocho sillas y una de las voluntarias estaba sacándole brillo a la mesa. Gina puso un bloc de notas y lapiceros en cada sitio. Había una cafetera sobre un aparador y una bandeja con refrescos.

–Creo que lo único que falta son las jarras de agua –dijo Gina–. Eleanor, ¿por qué no las traes tú mientras yo busco los vasos? Te agradezco que hayas venido a ayudarme, especialmente hoy, cuando no tenías que trabajar.

–No es que no me guste el público, pero también disfruto estando en el museo cuando está cerrado –contestó Eleanor.

–Entonces, antes de traerlas, ¿podrías subir a mi oficina a por las copias de la orden del día? Las he olvidado encima del escritorio. Después puedes irte, si quieres.

–En realidad –dijo Eleanor–, me gustaría quedarme a escuchar. Normalmente solo vienen los miembros del consejo a las reuniones, pero eso no significa que no pueda entrar nadie más, ¿verdad?

–Claro que te puedes quedar. El museo se lleva una parte de los impuestos del condado, así que todas las reuniones son públicas y todo el mundo puede asistir. Pero… ¿está pasando algo que debería saber? ¿Tienes algún problema?

–No, claro que no –Eleanor miró al suelo–. Es que tengo curiosidad por saber lo que quiere hacer el consejo con la casa. Si consiguen el Tyler-Royale, ¿la venderán?

–Eleanor, ya sé que te encanta esta casa. Pero yo no me preocuparía.

–Bueno, es un poco tonto pensarlo, porque sé que mi marido y yo no podríamos comprarla…

–En cualquier caso, el consejo no va a tomar una decisión final hoy. Pero tendré presente lo que me acabas de decir.

La puerta lateral se abrió y Gina vio con alivio que era el presidente de la sociedad histórica. Quería hablar con él en privado antes de que llegaran los demás.

–Espero que pueda explicar lo que está pasando.

–Lo intentaré, señor. Me alegro de que haya venido pronto. He estado intentando localizarlo todo el fin de semana, pero ha debido de salir de la ciudad.

–Mi hija ha tenido un niño, y mi mujer insistió en que fuéramos a Minneapolis para estar con ella.

–Siento no haberlo avisado, pero no tenía ni idea de que esa periodista lo llamaría para hablar del edificio Tyler-Royale.

–Qué cosa más extraña, ¿verdad? Es una pena que Kerrigan vaya a derribarlo.

–Creo que no deberíamos rendirnos tan pronto, señor.

–Haremos lo que podamos. Pero evidentemente usted no se ha enfrentado a él antes. Yo sí, una o dos veces. De todas formas, el edificio es demasiado grande para nosotros.

–Hay algo de lo que quiero hablar esta noche, señor. Creo que hay una manera de emplear todo el espacio. Si…

Antes de que pudiera continuar, la puerta se abrió y unos minutos después la sala se llenó con todos los miembros del consejo. El último en llegar fue Jim Conklin, que llevaba a un desconocido. Los dos se acercaron a Gina.

–Este es el experto del que le hablé –dijo Conklin–. Nathan Haynes, arquitecto de una empresa de la ciudad. Le he estado contando los planes de ampliación y ha venido a echar un vistazo y a aconsejarnos.

El presidente del consejo dio unas palmadas en la mesa.

–Ya que todo el mundo ha llegado, empecemos.

Gina ocupó su lugar a los pies de la mesa. Eleanor había buscado otra silla y se sentó a su lado, algo separada de la mesa. De repente se abrió la puerta y Gina se preguntó quién podría ser. Ya no faltaba nadie.

–Hola a todos –dijo Dez Kerrigan desde la puerta–. Siento haber llegado tarde, pero no encontraba sitio para aparcar. Deberían solucionar ese problema antes de plantearse ampliar el museo –paseó la mirada por la habitación hasta localizar a Gina–. ¿Dónde puedo encontrar otra silla, Gina?

A Dez le pareció que Gina se estaba volviendo azul, como si le faltara la respiración, pero ella recobró la compostura rápidamente y dijo:

–Las sillas están en la sala de al lado –dijo con una voz algo más baja de lo normal.

Dez se fue a buscarla y cuando volvió se sentó a su derecha, evitando mirarla a los ojos. En lugar de eso se puso a estudiar a los miembros del consejo.

Saludó al presidente con una inclinación de cabeza. A su lado estaba Jim Conklin y…

–Hola, Nate –dijo dirigiéndose al arquitecto. ¿Qué haces aquí?

Nathan Haynes sonrió.

–Supongo que lo mismo que tú. De momento, solo observando.

Eso sí que era raro, pensó Dez. ¿Un arquitecto que no tenía un plan? Además, Gina le había dicho que aún no habían contratado a nadie. Nathan debía de ser el experto del que habló Conklin en el cóctel.

El presidente puso orden en la sala y la secretaria comenzó a leer el acta. Dez se inclinó sobre el hombro de Gina y tomó una copia de la orden del día. «Posible colaboración con otras organizaciones para crear un museo central». Eso no era nada nuevo. «Campañas para recaudar fondos». Podría ser una tarde interesante.

A su lado, Gina se removió en la silla y empezó a juguetear con el lapicero. Él la miraba con el rabillo del ojo, preguntándose cuánto tiempo podría resistir. Aguantó más de lo que pensaba, pero finalmente se inclinó hacia él y preguntó en voz baja:

–¿Qué estás haciendo aquí?

–Ser un buen ciudadano. Ver cómo se gasta el dinero de mis impuestos.

Ella respiró profundamente y se concentró en lo que decía el consejo. O al menos lo intentó. Dez, mientras tanto, se reclinó en la silla, se cruzó de brazos y se dispuso a disfrutar.

Gina tenía la esperanza de que Dez fuera el primero en marcharse al terminar la reunión, pero se quedó en una esquina, donde Conklin y el arquitecto estaban hablando con el presidente. Gina desenchufó la cafetera y oyó a Haynes decir:

–Oye, Dez, ¿es verdad que vas a meter el barrio chino en el edificio Tyler-Royale? Oí en el ayuntamiento que el alcalde está pensando en darte un galardón por el servicio público de limpiar la ciudad.

Gina no se sorprendió al ver que Dez resoplaba y se ofrecía voluntario para llevar la cafetera a la cocina.

Cuando Eleanor y Gina hubieron terminado de recoger, todos los miembros del consejo ya se habían ido y la casa estaba en silencio. Eleanor empezó a fregar los platos mientras Gina salía a cerrar la puerta con llave. Encontró a Dez en la entrada, con una mano en la barandilla de la escalera, mirando hacia arriba.

–Me sorprende que todavía estés por aquí –dijo Gina–. Sobre todo teniendo en cuenta que no has dicho nada en toda la reunión. Si no ibas a aportar nada, ¿por qué te has molestado en venir?

–Si hubiera tenido algo que decir, lo habría dicho. Pero lo estabais haciendo tan bien que no había nada más que añadir.

–Mejor di que si el consejo hubiera amenazado con algo que interfiriera en tus planes, habrías tenido mucho que decir.

–Bueno, en ese caso habría tenido que ponerlos en su sitio.

–¿Ponerlos en su sitio? ¿Es que piensas que siempre tienes razón? No importa. Por lo menos reconoces que no eres un ciudadano más preocupado por qué se hace con su dinero.

–Sí que lo soy –protestó Dez.

—Dudo que le dediques tanta atención a otra organización que también tenga fondos públicos.

—Eso es verdad. Pero algunos usos que se dan a mi dinero me producen más aversión que otros —paseó la mirada por la entrada del museo—. Como la idea de invertirlo en galerías modernas que se añadirán a esta casa.

Gina se llevó las manos a las caderas.

—¿Sabes?, me gustaría que te hubieras decidido ya. El fin de semana pensabas que nos íbamos a quedar y hacer ampliaciones. Ahora no. Estaría bien que dejaras de jugar.

—Sería una pérdida de dinero.

—Ya sé lo que vas a decir. No tiene sentido construir junto a la casa porque no tenemos aparcamiento. ¿Y qué? No todos los visitantes tienen coche. Tal vez podríamos organizar un servicio de autobús. En serio, ¿por qué crees que es asunto tuyo?

Dez estaba moviendo la cabeza de un lado a otro.

—No me refiero a eso. Gina, este sitio se te está cayendo encima y ni siquiera te das cuenta.

El tono lúgubre de su voz hizo que Gina sintiera escalofríos.

—Supongo que no esperas que te crea. Eres el rey de las demoliciones y tu filosofía es: «si tiene más de quince minutos, dinamítalo». Por cierto, ¿qué vas a hacer con la Torre Lakemont cuando empiece a resquebrajarse? Porque sabrás que su esperanza de vida es mucho menor que los edificios que derrumbaste para construirla.

—Recuerda que te lo advertí —dijo Dez.

—En cualquier caso, ¿quién dice que nos vamos a quedar aquí? Creo que mi sugerencia de convertir el

Tyler-Royale en un museo central le ha gustado al consejo.

–O son demasiado educados para decirte lo que realmente opinan.

–Puede que les cueste un poco asimilarlo –admitió Gina–, pero terminarán dándose cuenta de que tiene sentido. Cada museo sería independiente pero todos compartirían los gastos. Habría una única tienda de regalos, un solo sistema de seguridad. Una recepcionista y una taquilla…

–¿Has hablado ya con los otros museos?

–No con todos. ¿Por eso no has intervenido en la reunión, porque pensabas que me estaba echando un farol? ¿O porque crees que no podré convencer a las otras organizaciones?

–No. No he intervenido porque no tenía nada que decir. No importa si consigues convencer a todo el mundo. Soy yo quien tiene la opción de compra del edificio.

–Eso es un problema –admitió Gina–. En serio, Dez, ¿cuánto quieres por esa opción?

–No está en venta.

–Vamos, no me lo creo. Tú mismo dijiste que donde hay un acuerdo siempre puede haber otro.

En este caso no.

–Podrías construir tu torre de apartamentos en otro sitio. De todas formas vas a demoler la iglesia de St. Francis, ¿no? ¿Cuál es el problema? Pon tu torre ahí.

–No hay bastante sitio.

Gina se encogió de hombros.

–Tú nunca tienes bastante. Añade unas cuantas plantas más.

–Es mucho más fácil decirlo que hacerlo. Cuando se habla de viviendas…

–Ah.

Dez entrecerró los ojos.

–¿Qué quieres decir con «ah»?

–Acabas de admitir que vas a construir una torre de apartamentos. Ya verás cuando le diga a Carla que tenía razón.

–Solo estaba hablando hipotéticamente.

–Seguro que sí. ¿Cuánto quieres por la opción?

–Que yo sepa, el consejo no ha aprobado que comiences las negociaciones, así que no voy a empezar una discusión absurda.

–Tiene que haber algo que quieras –se dio cuenta demasiado tarde de que lo que acababa de decir podía tener muchas interpretaciones, muchas de ellas subidas de tono–. Pero no me refiero…

–Pensé que querías negociar. No es que tengas mucho que ofrecer, y además el consejo no ha autorizado que se emplee ninguna cantidad de dinero en este acuerdo. A menos que estés pensando en cosas como meterte en un jacuzzi conmigo… Eso sería interesante, aunque no tendría mucho sentido financiero.

Gina decidió ignorar el giro que estaba tomando la conversación y el hecho de que se estaba ruborizando.

–No pretenderás que el consejo haga especulaciones sobre el dinero que podrías pedir cuando estás presente en la reunión. Y tenemos recursos.

Dez empezó a contarlos con los dedos:

–Una adjudicación anual que procede de los contribuyentes del condado de Kerrigan. Subastas. Las tarifas de admisión de los visitantes. Donaciones y un pequeño fondo. Ah, y lo que se saque de la propiedad de Essie y de su seguro de vida. Yo también puedo hacer investigaciones.

–Olvidas el dinero que hemos reservado para la ampliación y remodelación.

–¿Lo que se saque de la campaña de recaudación? Cariño, créeme, se está acercando una tormenta –volvió a echar una mirada a su alrededor.

–¿Estás admirando la decoración o esperando a que el techo se caiga?

–Me estoy dando cuenta de que este lugar tiene su encanto. Sobre todo cuando está oscuro. Por cierto, cuando hayas decidido lo que vas a hacer para recaudar fondos, házmelo saber –dijo dirigiéndose a la puerta.

Gina se interpuso en su camino.

–¿Para qué? ¿Para que puedas sabotearlo?

–Claro que no, querida. Para comprar una entrada. Vas a necesitar muchísima ayuda.

Antes de que ella pudiera contestar, Dez ya se había ido.

Eleanor ya había terminado en la cocina, y salieron juntas a la calle. Gina cerró la puerta con llave.

–Es una casa maravillosa –dijo Eleanor–. Al principio no pensaba así. Creía que era espeluznante, anticuada y ruinosa… casi como Essie –miró a Gina como si pensara que había dicho demasiado–. Pero después… la casa se te cuela en el corazón.

–Como Essie –dijo Gina suavemente.

–Sí. Bueno, hasta mañana –dobló la esquina y se dirigió a su coche.

Gina se quedó parada un momento mirando la casa.

«La casa se te cuela en el corazón». ¿Era eso lo que Dez había dicho? «Este lugar tiene su encanto». Era diferente. Él lo había dicho por decir, para cambiar el tema de la conversación porque no quería hablar del Tyler-Royale. ¿Por qué no le ponía precio? Gina estaba segura de que no era porque no quisiera vender. Tal vez pensaba que no tenía ningún sentido fijar una cantidad porque Gina no podría conseguirla. Bueno, y era verdad.

¿O tal vez quería otra cosa que no fuera dinero? ¿Y si quería la casa de Essie? Dez había sido contradictorio. Le había dicho que la casa se estaba cayendo, pero también había empezado a ver sus puntos buenos. Y después había cambiado el tema rápidamente. Demasiado rápidamente. La casa de Essie era diferente de todos los edificios con los que había tratado Dez. La había construido su bisabuelo, era una herencia familiar.

¿Era posible que Dez estuviera empezando a interesarse por esas cosas? Le había hecho muchas preguntas sobre Essie y parecía arrepentido de no haberla conocido mejor. Y estuvo un par de horas deambulando por el museo cuando fue a visitar a Gina. ¿Qué es lo que había encontrado tan fascinante? ¿Las exposiciones o el edificio que las albergaba?

Gina sabía que Dez también tenía sentimientos, lo había demostrado la noche del cóctel. La había besado para demostrarle su gratitud por haber estado junto a Essie en sus últimos años de vida. Y estaba segura de que había ido a la reunión por la misma razón que Eleanor, para saber qué iba a pasar con la casa. Aunque no quisiera admitirlo, le importaba.

Tal vez, pensó Gina, sí que se podía hacer un trato después de todo.

Dez se sentó en su silla y observó al hombre que se sentaba al otro lado de la mesa. Nathan Haynes terminó de tomar notas, miró una vez más los bocetos que Dez le había dado y dijo:

–Me pondré con esto tan pronto como pueda, pero pasará algún tiempo antes de que tenga hechos los dibujos.

–Los primeros informes están bien. Simplemente dime si lo podemos hacer –cerró su agenda y preguntó con indiferencia–: ¿Has tenido oportunidad de estudiar el museo?

–En detalle no. Estuve allí esta mañana, pero acababa de empezar a estudiarlo cuando llamaste.

–¿Qué les vas a aconsejar que hagan?

Nathan sacudió la cabeza.

–Dez, sabes mejor que nadie que no puedo hablar de los negocios de un cliente con otro cliente.

–Merecía la pena intentarlo. Avísame cuando tengas una torre –acompañó a Nathan al aparcamiento y cuando volvió a la oficina se paró junto a la mesa de su secretaria–. ¿Ha ocurrido algo interesante mientras estaba reunido?

–Lo han invitado a comer. Gina Haskell.

–Espero que le dijeras que estaba ocupado.

–Le dije que estaba reunido, pero contestó que lo esperaría en El Arce hasta la una.

–Si es lista se llevará un libro, porque esa es toda la compañía que va a tener –volvió a la oficina y ordenó todos los papeles con los que habían estado trabajando.

Si Gina esperaba que lo dejara todo para ir a comer con ella, lo llevaba claro. ¿De qué querría hablar con él? ¿Qué había pasado en el día y medio desde que terminó la reunión en el museo? Nate había dicho que aún no había estudiado la casa, pero si había estado allí por la mañana… ¿Habría hecho ya un informe preliminar? Y si había sido así, ¿qué le había dicho a Gina?

Dez dejó la pluma estilográfica sobre el papel secante y salió de su oficina.

—Voy a salir a comer, Sarah.

Era la una menos cinco cuando llegó a El Arce. Gina estaba sentada en la barra y llevaba algo amarillo. Dez se dio cuenta porque ese color hacía que su cabello se pareciera aún más a las llamas de fuego. Miraba hacia delante y estaba intentando ignorar al hombre del taburete de al lado. Dez atravesó la sala sin prisa.

—Siento haber llegado tarde, cariño —murmuró—. Las reuniones son horribles —le tomó la barbilla con una mano y la besó. Al levantar la cabeza dijo—: Qué sorpresa, el tipo que estaba sentado ahí hace un minuto ha desaparecido.

Gina dijo con voz ronca:

—Te he invitado a comer, no a...

—¿A que te dé lecciones de cómo besar? Te he quitado de encima a un tipo que quería abordarte.

—Puede que él quisiera hacerlo, pero tú lo has hecho.

—¿Nos ha reservado Bruce una mesa? —preguntó ignorando el último comentario. Le hizo una seña al maître y momentos después los dos se sentaban en una mesa—. ¿Por qué querías verme?

—Me dijiste que te avisara cuando decidiera comenzar una campaña para recaudar fondos.

—Ah, sí —dijo mientras miraba la carta—. He estado pensando en eso.

—Seguro que sí. Vamos a hacer una feria tradicional en el jardín para empezar la campaña.

–¿Eso es todo? Estoy decepcionado. Pero guárdame la primera entrada.

–Llamaré a Carla y le diré que traiga un cámara para que te grabe mientras la compras.

–Eres muy amable –dejó la carta en la mesa, le dijo al camarero que le llevara una taza de café y apoyó los codos en el borde de la mesa–. Y ahora, querida Gina, ¿puedes decirme por qué me has invitado a comer?

Ella bajó la mirada.

–Bueno… quiero hacerte una proposición.

Dez sacudió la cabeza.

–Voy a escucharte, pero a menos que haya un jacuzzi de por medio dudo que me interese.

–¿Qué te pasa con los jacuzzis? Por supuesto, es solo una oferta preliminar, porque el consejo tendría que aprobarla, pero…

El camarero llegó con el café de Dez y un vaso de ginger-ale para Gina. Él tomó la taza, aspiró el aroma de avellana y le hizo un gesto para que continuara.

–Te ofrezco un trato: la casa de Essie a cambio de la opción para comprar el Tyler-Royale.

Dez se atragantó con un sorbo de café caliente. Si Gina estaba intentando matarlo, no podía haberlo hecho mejor. Estuvo tosiendo durante un minuto, y se quedó con la voz ronca.

–¿Quieres hacer qué?

Ella se impacientó.

–Tú le ofreces al museo la opción de compra del edificio y nosotros te damos la casa de Essie.

–¿A eso lo llamas un trato?

–No te estoy pidiendo todo el edificio, solo la opción de compra.

—Si me ofreces la casa de Essie y medio millón de dólares puede que lo piense.

—¿Medio millón? Entonces tendré que esforzarme más con la campaña de recaudación.

—He dicho que puede que lo piense, nada más —advirtió Dez.

Ella no lo estaba escuchando.

—O tal vez tengo que ser más creativa… —se puso derecha y lo miró a los ojos—. Muy bien, Dez. ¿Cuánto dinero me das por meterme en un jacuzzi contigo?

CAPÍTULO 7

DECIDIDAMENTE, estaba intentando matarlo, pensó Dez.

–¿Cuánto crees que vale? –repitió Gina–. Porque por unos diez mil dólares, lo pensaría.

–¿Diez mil? –Dez se aclaró la garganta–. Tienes una idea exagerada de lo que vale tu tiempo.

–Y que quede claro que es solo mi tiempo de lo que estoy hablando.

–Sin jueguecitos en el jacuzzi–dijo él suavemente.

–Y el dinero lo pagarías al museo, con un cheque bancario.

–¿Estás dispuesta a hacer ese sacrificio por el museo?

–No crees que lo hago por ninguna otra razón, ¿verdad?

–Tal vez no la primera vez. Pero cuando hayas experimentado los placeres… –la expresión en los ojos de Gina le advirtió que no siguiera hablando–. Déjame que lo piense, ya te avisaré –echó hacia atrás la silla–. Gracias por el café. Siento no poder quedarme a comer.

«Créeme, cariño, te avisaré».

Pero no estaba pensando en el jacuzzi cuando salió del restaurante, sino en el otro disparate que le había propuesto. No solo era una idea estrafalaria, sino que se lo había ofrecido como si pensara que él iba a aceptar con los ojos cerrados, como si creyera que le estaba ofreciendo una ganga. Esa mujer debía de estar loca. O tal vez pensaba que era él quien lo estaba.

Marcó un número en el teléfono móvil mientras se dirigía al coche. Cuando Nathan Haynes respondió Dez preguntó:

—¿Hablaste con Gina Haskell esta mañana en el museo?

—Dez, sabes que no puedo decírtelo.

—No te pido que me cuentes lo que le dijiste. Solo dime si hablaste con ella.

—En realidad yo no lo llamaría hablar —Nate parecía algo receloso—. Le di los buenos días y ella a mí también.

Dez frunció el ceño.

—¿Eso es todo?

—Sí. ¿Por qué?

—Por nada —tal vez Gina no estaba tan loca como él había pensado—. Nate, no tengas prisa con esos bocetos que te di.

—Es un alivio. ¿Quieres decir que no me los vas a pedir hasta mañana?

—No —contestó Dez con seriedad—. Quiero decir que tal vez, y solo tal vez, haga algunos cambios. Ya te avisaré.

Bueno, parecía que el plan no había funcionado, pensó Gina, pero al menos había conseguido que Dez Kerrigan pasara un rato divertido. Nunca había visto unos ojos verdes tan brillantes como los suyos. Pero ni aun así había bajado la guardia. «La casa de Essie y medio millón de dólares y puede que lo piense».

Por lo menos ya no decía que la opción no estaba

en venta y le había puesto precio. La cifra era disparatada, pero había empezado a negociar y ya no podía echarse atrás. Tal vez podrían llegar a un precio que les satisficiera a los dos. ¿Cuánto dinero querría ganar Dez? Lo más razonable era pensar que había pedido al menos el doble de lo que esperaba conseguir, así que tal vez se contentara con un cuarto de millón y podría redecorar la casa de Essie a su gusto.

Gina arrugó la nariz al pensar en la casa cubierta de alfombras y tapicería de color gris pizarra, igual que la oficina de Dez. Pero por lo menos no tendría que verlo. Y aunque Essie tampoco habría aprobado la decoración, Gina sabía que le hubiera gustado ver que la casa se quedaba en manos de un miembro de la familia y, el museo, mucho mejor situado de lo que había estado nunca.

Sí, decidió Gina, un cuarto de millón de dólares sería más que suficiente. Tampoco es que estuviera pensando en hacer una contraoferta enseguida, lo haría sufrir un poco más. Y si él hacía un movimiento, le ofrecería solo una parte del dinero, para ver lo que hacía.

En cualquier caso, antes que nada tenía que saber de dónde iba a sacar el dinero, y no hacía falta ser un genio para darse cuenta de que la feria tradicional en el jardín del museo no les iba a dar esa cantidad de dinero. Y aunque consiguiera la opción luego tendría que conseguir que Tyler-Royale donara el edificio, y habría muchos costes para adaptarlo a un museo y hacer la mudanza de la exposición…

Tenía que hacer una campaña seria de recaudación de fondos, y para conseguir esa cantidad tendría que hacer que el caso llegara al público. Carla podría ayudarla, y Anne Garrett también… Pero era una pena que Dez no hubiera aceptado la idea del jacuzzi, habría sido la manera más fácil de ganar diez mil dólares.

El número de visitantes del museo había aumentado gracias al artículo de Anne Garrett y a la cobertura televisiva de toda la controversia del Tyler-Royale. A veces le parecía a Gina que la casa estaba desbordada de gente, y era imposible encontrar todos los voluntarios necesarios. Pero tenían que recibir a todos los visitantes, especialmente en ese momento, cuando necesitaban hasta el último dólar.

Gina pasaba la mayor parte del tiempo caminando de una habitación a otra y vigilando a todo el mundo. Era un plan imposible, pero era lo mejor que podía hacer. Y los problemas surgían, inevitablemente. Un niño rompió el cristal de una cámara que databa de la guerra civil, y cuando Gina les dijo a los padres que tuvieran más cuidado, le contestaron que la culpa era suya, por tener la exposición demasiado sobrecargada.

–Estamos intentando hacer algo al respecto. ¿Querrían hacer un donativo para ampliar el museo? –les contestó ella.

Los padres del niño la miraron como si estuviera loca y se fueron a otra sala.

Eleanor llegó corriendo al oír el ruido de cristales rotos.

–Estas cosas a veces hacen que te preguntes si merece la pena tanto esfuerzo –murmuró–. Vete y tómate un descanso, Gina, yo recogeré esto.

Gina se lo agradeció y se dirigió a la cocina para buscar una bebida fría. Pero no consiguió llegar. En la entrada había una voluntaria rodeada de un grupo de niños que debían de ir al jardín de infancia. Todos saltaban con el dinero en la mano, queriendo ser el primero en comprar la entrada. La profesora le estaba explicando a la voluntaria que para los niños era una experiencia nueva el hecho de comprar cada uno su propia entrada.

Y justo detrás de ellos, apoyado contra la puerta y cruzado de brazos, estaba Dez Kerrigan. Gina evitó el contacto visual. «Primero lo primero», pensó.

—Formad una fila –dijo, y el nivel de ruido descendió un poco–. Yo me ocuparé del dinero, Beth, y luego tú les enseñas la exposición.

La voluntaria tenía el aspecto de preferir someterse a tortura antes que hacer de guía. Gina no la culpó, pero si Dez había ido hasta allí para hablar del trato, no podía dejarlo esperando.

—Qué divertido –dijo Beth casi sin respiración. En cuanto la última manita le dio el último montón de billetes sucios, se dirigió con el grupo hacia las escaleras.

Gina se volvió hacia Dez.

—¿Qué puedo hacer hoy por ti?

—He venido a comprar una entrada para la feria.

«¿Solo eso?».

—Si me vas a pedir que te cambie un billete, prepárate a recibir un montón de monedas.

—Extenderé un cheque.

—Esa es una buena opción –Gina abrió un armarito que había debajo de las escaleras y sacó la caja de metal en la que guardaban el dinero de la feria–. ¿Has pensado en mi oferta?

—¿Cuál? –preguntó Dez sin levantar la vista del talonario.

Gina fingió no haberlo oído. Sería mejor olvidar el asunto del jacuzzi. Limpió el polvo que había en la parte superior de la caja y dijo:

–Me temo que medio millón es más de lo que el consejo estaría dispuesto a gastar.

–Entonces no conseguirán la opción –Dez arrancó el cheque y se lo tendió a Gina.

–Pero estoy segura de que si bajaras el precio…

–¿A cuánto? –preguntó en tono agradable.

Gina contuvo una sonrisa. Estaba interesado y no podía ocultarlo.

–Creo que se podría llegar hasta ciento cincuenta mil. Y la casa de Essie, claro.

–No me he olvidado de eso. Ciento cincuenta, ¿eh? De nada a ciento cincuenta en unos pocos días, no está mal –agarró la entrada que Gina le tendía–. Un par de saltos más como ese y estarás a mi altura.

Gina estaba sorprendida.

–¿Ni siquiera vas a negociar?

–Ya te dije el precio, cariño.

–Pero el mercado no funciona así. ¡Desde siempre se ha pedido al menos el doble de lo que se quiere conseguir!

–Esa es la cifra más baja con la que estoy dispuesto a negociar, así que a menos que tengas medio millón de dólares…

–Preferirías que no te hiciera perder el tiempo, ¿verdad? Lo que quieres es negociar a la inversa. Si te ofrezco lo que has pedido, aumentarás el precio.

–Probablemente. Déjalo, Gina, no vas a conseguir el edificio.

–Puede que no –respondió ella–. Pero te haré la vida imposible si intentas derribarlo.

–Hagamos la prueba y veamos lo que pasa. Al menos te mantendré ocupada.

Gina llegó pronto al plató de televisión y se quedó esperando en una pequeña habitación. Estaba intentando concentrarse en una revista cuando entró Carla y se sentó a su lado.

Gina suspiró aliviada.

–No sabía que eras tú quien iba a presentar el programa.

–Y no lo voy a presentar. He venido porque tengo que arreglar unas cosas para las noticias. Pero tendrás buena cobertura de tu campaña de recaudación de fondos.

–Preferiría que fueras tú la presentadora.

–Es el programa de Jason, pero relájate, todo saldrá bien. ¿Has traído algunas piezas de la exposición?

Gina señaló una caja que había sobre la mesa.

–Me gustaría hablar con él antes de las cosas que he traído y de los puntos que quiero tratar.

Carla sacudió la cabeza.

–Jason nunca habla con el invitado antes del programa. Así la conversación es más interesante y más animada. Simplemente mantén la calma y responde a las preguntas. Y háblale de lo que has traído, estás sensacional cuando hablas de historia. Ah, ya te toca.

Una mujer joven entró en la habitación.

–¿Señorita Haskell? Jason la está esperando.

Gina intentó no pensar en lo importante que era que causara buena impresión a los espectadores. Ellos eran quienes iban a decidir, con sus contribuciones, cuál sería el futuro del museo.

Olvidó la caja y tuvo que volver a por ella, así que cuando finalmente se sentó en el plató quedaba solo un minuto para que comenzara el programa, y el equipo gastó la mayor parte de ese tiempo poniéndole el micrófono. A pesar de lo que había dicho la ayudante, el presentador no estaba en ninguna parte.

De repente se abrió la puerta y apareció el presentador, que se colocó el micrófono con una mano, miró la mesa vacía que tenía delante y dijo:

—¿Dónde están mis notas? ¿A quién tenemos esta noche?

Gina se estremeció. Si Jason no sabía quién era ella, mucho menos sabría por qué estaba allí. «Esto va a ser un desastre».

Otra ayudante le dio a Jason una hoja de papel y salió del plató justo cuando la cámara se encendía. Jason dijo suavemente:

—Buenas tardes y bienvenidos a *Sucesos de actualidad*. Hoy nuestra invitada es Gina Haskell, del Museo Histórico del condado de Kerrigan, y está aquí para hablarnos de su cruzada para salvar el edificio Tyler-Royale. Señorita Haskell, cuéntenos cómo empezó a interesarse en los grandes almacenes.

«Pero no estoy aquí por eso», quiso decir Gina. Después lo pensó mejor. Carla le había dicho que el hombre sabía lo que estaba haciendo, así que sería mejor seguirle la corriente. Tal vez estaba intentando captar el interés de la audiencia antes de hablar de la campaña de recaudación.

—El edificio siempre me ha interesado. Creo que todos los habitantes de Lakemont han admirado alguna vez su maravilloso atrio, con la cúpula de cristal y el suelo de mosaico.

El presentador asintió con la cabeza.

–Quedamos en la rosa –dijo–. Me preguntó dónde quedará la gente si al final el edificio se derriba.

Gina sonrió.

–Es como el título de un libro, ¿verdad? *Quedamos en la rosa. Memorias del Tyler-Royale* –deseó que Dez la estuviera viendo.

–Dime, Gina. ¿Puedo llamarte Gina? ¿Cuál es tu recuerdo más intenso de la rosa? ¿Tal vez quedar allí con tu madre cuando ibais de compras?

La pregunta la tomó por sorpresa y contestó demasiado rápido.

–No –respiró profundamente y se obligó a sonreír–. No… Es quedar allí con una cita cuando iba a la universidad.

Afortunadamente Jason no siguió con esa pregunta.

–¿Qué tal va la campaña para salvar el edificio?

«Fatal», pensó Gina.

–Me he reunido con el señor Kerrigan unas cuantas veces y estamos estudiando las posibilidades.

–Una de las posibles funciones del edificio sería albergar el Museo Histórico del condado de Kerrigan. Tu museo.

–Bueno, yo no diría que es mío, pertenece a los habitantes del condado. Pero sí, esa es una de las posibilidades que el señor Kerrigan y yo hemos considerado –«Esta es mi oportunidad», pensó Gina–. El museo necesita más espacio. Aún tenemos que decidir si ampliamos el que ahora tenemos o si nos trasladamos a otro edificio, pero estamos pidiendo donaciones del público para conseguir más espacio, ya sea de una manera o de otra.

–Es por una buena causa, sobre todo si sirve para

salvar el Tyler-Royale. Apúntame para hacer un donativo, después hablaremos de la cantidad.

—Perfecto —dijo Gina.

—Tengo entendido que llevas varios años trabajando para el museo. Cuéntanos cómo empezaste a interesarte en la historia.

Gina se relajó un poco. Por lo menos estaba en terreno conocido.

—Mi profesora de historia en el instituto era Essie Kerrigan, que fundó la sociedad histórica y el museo.

Jason enarcó las cejas.

—Mi profesor de historia también era muy bueno, pero no fue suficiente para convertirme en historiador.

—Bueno, tal vez estaba predispuesta a que me gustara la asignatura. Pero disfrutaba mucho escuchando historias sobre los objetos que poseía. Su tarro de galletas, por ejemplo —Gina se inclinó hacia la caja y sacó con cuidado el tarro. Con las luces del estudio el cristal azul casi parecía púrpura—. Essie lo compró en una tienda de antigüedades de la ciudad por unos cuantos dólares, simplemente porque le gustaba la forma. Pero tiene una extraña marca en el fondo —le dio la vuelta y la cámara lo enfocó—. Essie comenzó a estudiar la marca, y cuando supo que eran las iniciales del artesano, se dio cuenta de lo valiosa que era la pieza. De hecho, es única… una de las primeras piezas de alfarería que se hicieron en el condado de Kerrigan.

—¿Y ella lo usaba como bote de galletas? Supongo que, al descubrir el valor que tenía, dejó de hacerlo.

—Oh, no. Siguió guardando las galletas en él hasta que murió —Gina se rio al ver la expresión en la cara de Jason—. Por eso Essie era excepcional. Ella vivía con sus colecciones, usaba sus posesiones. Murió amando los objetos y su historia. Y fue un regalo extraordinario para alguien que tenía muy poca historia en su...

«Alguien como yo».

Gina se detuvo bruscamente al darse cuenta de que los ojos de Jason brillaban pensando en una historia interesante. Si decidía investigar en ella... Sería mejor que le quitara importancia antes de que él empezara a hacer preguntas.

—Crecí en varias casas de adopción, así que no tengo una historia de familia. Essie compartió la suya conmigo.

—Entonces, como no conocías la tuya, tomaste prestada la leyenda de la familia Kerrigan.

—Supongo que puede definirse así —dejó el bote en la caja y sacó otros objetos—. También he traído algunas cosas del período prehistórico, un hacha de piedra y algunas puntas de flecha que se encontraron al oeste del condado. Tenemos muchos objetos prehistóricos en la colección, pero no hay suficiente espacio para exponerlos todos.

Gina pensó que Jason la miraba con simpatía, y tal vez con admiración, por la forma con la que había cambiado de tema. No había sido muy sutil, pero había funcionado.

—¿Qué más tienes en la caja? —preguntó él.

Gina sacó una tarjeta de color marfil que tenía la forma de un abanico y un lazo rosa descolorido.

—Esta es una tarjeta de baile del primer baile anual que se celebró en el condado, hace más de cien años. Cada debutante tenía una, y los chicos escribían en ella sus nombres para pedir los bailes. Esta perteneció a la madre de Essie Kerrigan, y en ese baile conoció a su futuro marido.

–Es muy diferente de cómo se cortejan hoy en día las parejas –comentó Jason.

–Sí, es verdad. Y me sorprendió saber que aquel año el baile se celebró en el edificio Tyler-Royale. Encontramos una fotografía de los debutantes y están en el atrio, en la rosa.

–¿De verdad? –Jason alargó una mano para agarrar la fotografía–. Me preguntó por qué se perdió esa tradición.

–Posiblemente porque el baile se celebró antes de que los almacenes abrieran, así que el edificio aún estaba vacío. Sería mucho más difícil celebrar el baile allí en estos días… aunque tengo entendido que hay cierto interés en que sea así, si el señor Kerrigan lo permite.

–Pregúntaselo a él –dijo Jason.

–Ya que el baile fue la primera celebración que se hizo en el edificio, también podría ser la última si… ¿Qué es lo que has dicho?

–Hemos invitado a Dez Kerrigan para que se una a nosotros –contestó Jason suavemente–, ya que es el único que conoce las respuestas sobre el edificio Tyler-Royale.

«Me han tendido una emboscada», pensó Gina. ¿Por qué no la había avisado Carla? Tal vez Carla tampoco lo sabía. Según había dicho, a Jason le gustaban las sorpresas.

Dez cruzó el plató y le dio la mano a Jason. Gina, dispuesta a ofrecer un espíritu deportivo, también le tendió la mano, pero en vez de estrechársela Dez se la llevó a los labios. Los dedos se Gina se cerraron en un puño sin que pudiera evitarlo. Él rozó suavemente los nudillos con los labios, y le sonrió mientras le soltaba la mano.

–Hola, Gina.

–Me alegro de verte, Dez.

–Bien –dijo Jason alegremente–. Una vez hechas las formalidades, puede empezar la pelea. Dez, ¿qué pasa con el baile? ¿Se celebrará en el atrio del Tyler-Royale, como sugiere Gina?

–Me temo que eso tendrás que preguntárselo a alguien del almacén. Mientras no cierre, no puedo decir nada de lo que va a pasar allí.

–Pero eso será pronto, ¿verdad? –preguntó Jason.

–Nadie ha puesto una fecha.

–Y cuando el edificio sea tuyo, ¿cuánto tiempo tardarás en hacer algo con él?

–Todavía no sé si voy a hacer algo. Recuerda que todavía no me pertenece.

–Eso es como comprar la opción y no conseguir nada a cambio –murmuró Gina.

Dez puso un dedo sobre el micrófono que estaba enganchado en la corbata.

–Por lo menos sabría exactamente lo que me costaría. Por otra parte, si negocio con la casa de Essie, solo sería el comienzo.

–Dez –dijo Jason–. Creo que estás tapando el micrófono. ¿Qué decías?

–Pero piensa en lo que tendrías –dijo Gina.

–Créeme, ya lo he pensado –sonrió a Jason–. Lo siento, no me he dado cuenta. ¿Cuál era la pregunta?

–En la ciudad se comenta que estás pensando en construir una torre de apartamentos.

–Siempre se hacen comentarios, pero es muy pronto para afirmar cualquier cosa.

Jason insistió.

–Pero tienes intención de demoler el edificio.

–He dicho que aún no se puede afirmar nada.

–Piensa en lo bien que le vendría a tu ego si lo conservaras –dijo Gina sin hablar esa vez en voz baja.

–Y al tuyo, si pudieras presumir de que fuiste tú sola quien lo salvó.

Jason estaba sonriendo.

–Mi preocupación principal es el museo y lo que es mejor para él –contestó Gina con firmeza.

–Sí, ¿qué pasa con el museo, Dez? –preguntó Jason–. Seguro que tienes algún interés en él. ¿No fue tu abuela quien lo fundó?

–Mi tía abuela –corrigió Dez–. Essie era la hermana de mi abuelo.

–Vaya, sabes mucho del árbol familiar –dijo Gina en un susurro.

Él le ofreció lo que Gina pensó que era su sonrisa más encantadora.

–Sí, pero tienes que ponerme al día de la leyenda en alguna ocasión –volviéndose a Jason, dijo–: Me gustaría que el museo continuara y que tuviera éxito, y lo más sensato es que se trasladara a otro edificio.

–¿Al Tyler-Royale? –preguntó Jason con impaciencia.

–No voy a decir dónde debería trasladarse, eso lo tiene que decidir el consejo directivo. Pero haré un donativo para la campaña de recaudación de fondos.

Gina parpadeó.

–¿De verdad? Eres muy…

–Hace unos días me hiciste una proposición que tenía que ver con un jacuzzi –dijo Dez–. Si te metes en un jacuzzi conmigo, donaré cien dólares…

–¿Solo cien? No merece la pena.

–Cien dólares por cada minuto que estés dentro.

–¿Y bien, Gina? –dijo Jason–. ¿Qué dices? A mí me parece que es una manera fácil de ganar dinero.

Gina tuvo que reconocer el mérito de Dez. La había acorralado de tal manera que solo podía hacer una cosa. Apretó los dientes durante un momento y después se obligó a sonreír.

–Está bien. Dime cuándo y dónde y allí estaré.

–El viernes a las ocho –contestó Dez–. Bajo la cúpula de cristal.

Cúpula de cristal… Gina ahogó un grito.

–¿En el Tyler-Royale?

–Sí querida –dijo Dez dulcemente–. Quedamos en la rosa.

CAPÍTULO 8

JASON se quedó boquiabierto.

—¿En el al… almacén? —tartamudeó Gina.

—El Tyler-Royale nos va a dejar usar uno de sus jacuzzis, así que no me parecería bien hacer que lo movieran de sitio —apuntó Dez.

—Yo pensé…

—Que íbamos a usar mi propia bañera. Yo también lo pensaba, y sé cuánto lo deseabas —a Gina le entraron ganas de estrangularlo—. Pero después pensé en la publicidad y me di cuenta de que sería fantástico para el museo, y a las personas del Tyler-Royale les encantó la idea. Además, el director ejecutivo está dispuesto a igualar mi oferta.

Eso aumentaba la cantidad a doscientos dólares por minuto. Gina tragó saliva.

Dez se había encargado de recordar que la idea del jacuzzi había sido de Gina, así que ella no podía echarse atrás. Si lo hacía, tampoco conseguiría una buena campaña de recaudación, porque nadie la tomaría en serio. Tenía que admitir que Dez le había tendido una trampa y había caído en ella.

—Es un trato —dijo Gina—. A las ocho el viernes, en el atrio.

—Vas a tener otro recuerdo inolvidable de la rosa, Gina —Jason se volvió hacia la cámara—. No se preocupen si no pueden acudir al centro de la ciudad el viernes por la noche, porque nosotros estaremos allí para hacerles llegar las imágenes a sus casas. Buenas noches.

Las luces de las cámaras se apagaron.

–Gracias por el programa –dijo Jason–. A los dos, de verdad. ¡Vaya una actuación!

Gina se inclinó hacia delante en la silla y se cubrió la cara con las manos.

–¿Quieres un vaso de agua? –le preguntó Dez–. ¿Un poco de cafeína? ¿Un trago de vodka?

–Lo único que quiero es no volver a verte más –respondió con los dientes apretados.

Dez la ignoró. Estaba mirando el contenido de la caja.

–Pero si es mi viejo amigo el bote de galletas –murmuró–. ¿Puedo tocarlo?

Gina hizo un movimiento con la mano dándole permiso. Si ella sacaba el bote de la caja, era capaz de estrellárselo en la cabeza.

Dez volvió a envolverlo en el papel protector, lo dejó en la caja y la levantó.

–Yo la llevaré –dijo ella automáticamente.

–No te preocupes. ¿Cómo te las has arreglado para traer todo esto?

–Tomé un taxi.

–Yo te llevo.

–No, gracias.

–Dona la tarifa del taxi al museo.

Si lo decía en esos términos, Gina no podía negarse. Además, quería decirle algunas cosas y preferiría no hacerlo en un lugar lleno de cámaras y equipos de grabación.

–Puedes dejarme en casa, ya llevaré mañana la caja al museo.

Dez puso la caja en el asiento trasero del coche y le abrió la puerta a Gina.

–¿Por qué se te ocurrió meter a Tyler-Royale en esto? –preguntó ella.

–Era perfecto. Pero en realidad pensé primero en El Arce.

–¿El restaurante? ¿Por qué?

–Porque fue allí donde nos conocimos –contestó dulcemente–. Pero no es lo suficientemente grande. Y además, teniendo en cuenta que todo esto es por el Tyler-Royale… ¿Pero por qué te lo tomas de manera tan personal? La gente se mete en los jacuzzis sin necesidad de ser amigos íntimos.

Eso era cierto, admitió Gina. Ocurría constantemente, en los hoteles, en las fiestas… «Todo lo que tengo que hacer es meterme en una bañera llena de agua caliente y burbujas, quedarme allí hasta que se me pasen las ganas de matarlo y salir. Y el museo habrá ganado cientos, puede que miles, de dólares».

Pero ese pensamiento no la ayudó. Se lo tomaba como algo personal porque desde el principio Dez había dado a entender que meterse en un jacuzzi con él sería algo más que un simple remojón.

–A menos que quieras que sea algo personal –dijo él–. Y eso es interesante.

–Supongo que es porque no estoy acostumbrada a aparecer en público en bañador. Pero sigo sin saber por qué has hecho un circo de todo esto.

Él se encogió de hombros.

–Dijiste que por diez mil dólares te meterías en un jacuzzi conmigo, pero no especificaste que el dinero tenía que ser mío. Así que pensé que si no estás dispuesta a permitir ninguna diversión en el jacuzzi…

–Ninguna. A menos que leer un libro esté en tu lista de diversiones.

–Demasiado aburrido. Si no quieres pasártelo bien, al menos deberías potenciar al máximo el impacto financiero. No te conformes con diez cuando puedes conseguir veinticinco.

–¿Tanto? ¿De verdad lo crees? –«¿Cuántos minutos serán?».

Él la miró.

–Estás ansiosa, ¿verdad? Creo que se puede sacar mucho dinero. De hecho, mientras estemos hablando de ti desfilando en bañador…

–Ni se te ocurra sugerir que me pasee por el almacén en bañador.

–En realidad no era eso lo que iba a sugerir. Estaba pensando en que todo sería mucho más divertido sin trajes de baño.

–Ni lo sueñes, Kerrigan –«A menos que…».

Dez no había puesto restricciones a lo que podía llevar en vez del bañador. Pero él pareció leerle la mente.

–No quería decir que podías meterte en el jacuzzi vestida. Si te metes en la bañera y después me das el bañador, te daré doscientos dólares por minuto.

–No crees que lo vaya a hacer, ¿verdad?

–Ya veremos. Deja la caja en el coche, yo la llevaré mañana al museo de camino a la oficina.

–No hace falta que me lleves hasta la puerta de casa, Dez.

–No me lo perdería por nada del mundo.

Aparcó frente a la casa y salió del coche. Cuando llegaron al porche dijo:

–¿Estás preparada para la lección número dos?

«En realidad no, estoy pensando en dejar la

clase». Pero Dez podía pensar que ella se sentía ame-
nazada por un beso, y eso lo único que conseguiría
sería aumentar su ego.

–¿Por qué? –preguntó Gina–. ¿No encuentras
alumnas?

Él sonrió y le pasó un brazo alrededor de los hombros, apoyándose contra la columna del porche. Gina
sintió un cosquilleo en el estómago cuando Dez se
acercó. La calidez de su cuerpo era como un imán. Él
la besó y ella quiso quedarse inmóvil, pero en lugar
de eso giró la cabeza para responder al beso. Se dio
cuenta de que los labios de Dez se curvaban en una
sonrisa y se obligó a separarse de él, pero su voluntad
parecía haberse anulado y no pudo moverse.

Dez la besó suavemente, incitándola con la punta
de la lengua. Ella se relajó y dejó que profundizara el
beso. Cuando él se detuvo ella habría protestado,
pero había perdido la facultad del habla.

Dez le acarició el rostro con un dedo y dijo:

–Veo que has hecho los deberes –tenía la voz algo
temblorosa.

La puerta principal se abrió. Gina intentó enfocar
la mirada, pero por un momento no supo lo que estaba viendo. Era su vecina de abajo, eso estaba claro.
¿Pero qué estaba haciendo la señora Mason?

La mujer vestía una llamativa bata de cuadros es-
coceses y tenía rulos en el pelo. En la mano llevaba
una cesta de metal con cuatro botellas de leche.

–Perdón –dijo con aspereza–. Pero estáis justo
donde van las botellas de leche.

Gina intentó moverse y perdió el equilibrio. Dez
le puso las manos en los hombros para evitar que se
cayera. La señora Mason dejó las botellas vacías
junto a la columna del porche, miró a Dez y a Gina,

se sorbió la nariz y entró, cerrando la puerta con un golpe seco.

—Está loca —dijo Gina—. ¿Sabes cuántos años hace que dejó de repartirse la leche en el vecindario?

Dez estaba riendo.

—No, pero estoy seguro de que la señora Mason sí lo sabe. No creerás que todo esto tiene algo que ver con la leche, ¿verdad? Ven aquí.

Gina negó con la cabeza y se inclinó sobre la cesta para verla mejor.

—Tengo que pedirle que la done al museo. No tenemos ninguna de este tipo.

Dez suspiró.

—Bueno, supongo que te veré mañana.

Se puso a silbar mientras se dirigía al coche.

«Gracias, señora Mason», pensó Gina. La lección sobre cómo besar había sido tan efectiva que había estado a punto de invitarlo a subir para pasar el examen final. Pero que besara bien no quería decir que hacer el amor con él fuera algo tan bueno.

«Te metes en la bañera, me das tu bañador y te daré doscientos dólares por minuto». Bañador, ropa de calle, armadura… No importaba lo que se pusiera, Dez podía hacer que ella sintiera que no llevaba nada.

Anne Garrett fue al museo el jueves a mediodía y encontró a Gina en la taquilla.

—No me extraña que no hayas fijado una cita para que comamos juntas y hablemos de la campaña. Lo que has hecho lo supera todo.

—Lo siento por la comida —dijo Gina apresuradamente—. He estado muy ocupada. Pero seguimos necesitando todas las ideas que puedas darme, porque no puedo quedarme en ese jacuzzi hasta conseguir todo el dinero que necesitamos.

—¿Por qué no? Bueno, está bien, pero voy a necesitar tiempo para pensar en algo.

—Antes de que te vayas y empieces a devanarte los sesos… No sé mucho de jacuzzis. ¿Cuánto jabón crees que necesito? Quiero cubrir toda la superficie de espuma, pero no quiero que se desborde.

Anne sacudió la cabeza.

—No puedes hacer espuma en una bañera de hidromasaje, se atascarían los surtidores. ¿Qué hay de malo en que solo tenga agua?

—Que es transparente.

—Sin burbujas… Pero hay otra cosa que podría valer.

Gina oyó que se abría la puerta y alcanzó a ver el cabello negro azulado de Dez. Levantó las dos manos, haciéndole gestos a Anne para que no dijera nada más.

Dez entró con la caja de Gina bajo el brazo.

—Me resulta muy sospechoso veros a las dos juntas. Pero no quiero interrumpir.

—No te preocupes, yo tengo que irme —dijo Anne—. Solamente he venido para comprar entradas para la feria.

Gina sacó la caja donde guardaba las entradas y limpió la parte de arriba con un pañuelo de papel.

—¿Un paquete?

—Mi hermano me ayudará a venderlas, dame al menos diez. ¿Quieres que firme? —Anne alargó la mano hacia el bolígrafo de Gina—. Dame los recibos—. Firmó y se los devolvió a Gina —puedes terminar de rellenarlos más tarde —le dirigió una sonrisa a Dez y se marchó.

«Sin decirme qué puedo usar en lugar de espuma», pensó Gina con desánimo.

–¿Quieres algunas entradas, Dez?

–Gracias, pero ya estoy haciendo suficiente para ayudar al museo. ¿Te has comprado ya el bañador?

–¿Cómo lo…? –se detuvo.

Dez estaba sonriendo.

–Porque ninguna mujer en la que merezca la pena pensar se metería en un jacuzzi con uno viejo. Y cariño, tú sí que mereces la pena.

Movió la caja a un lugar más seguro para que no quedara cerca de la entrada. Luego, puso su dedo índice bajo la barbilla de Gina, la levantó y la besó.

–¿Esa era la lección número tres? –preguntó ella con calma.

–No, querida. Era solo para mantenerte en guardia.

Dez se fue y unos minutos después Gina recordó el recibo que Anne había firmado. Decidió anotar los números de las entradas que se había llevado, porque más tarde podría olvidarse.

Pero Anne no había firmado el recibo, sino que había escrito tres palabras, lo que estaba a punto de decir cuando Dez llegó y las interrumpió. Era la respuesta a la pregunta de Gina. La respuesta perfecta.

–¡Eleanor! –llamó Gina–. ¿Puedes ocuparte de todo un momento? Tengo que ir de compras.

El conductor del taxi que recogió a Gina en el museo el viernes por la tarde parecía tener mucha curiosidad por saber qué era lo que ella llevaba en las tres enormes bolsas negras de basura. Cuando consiguió meterlas en el asiento trasero, no quedó sitio para ella, así que se sentó delante.

–Una vez llevé a un payaso a una fiesta de cumpleaños –dijo el conductor–. Tuvimos muchísimos problemas para meter en el coche todos los globos, debía de haber cientos. Y una vez un compañero llevó a un tipo que llevaba unas cuantas bolsas de basura. Después se supo que era un cuerpo y que lo arrojó al lago –Gina se estremeció–. Pero lo que usted lleva no es lo suficientemente pesado como para ser un cuerpo ni lo suficientemente ligero como para ser globos.

–Tiene razón –contestó Gina.

–¿Qué es?

–Seguro que se lo pasa mejor especulando. Puede dejarme en la entrada principal.

Había dos furgonetas de televisión aparcadas frente al Tyler-Royale, pero la entrada estaba despejada. Tal vez las predicciones habían fallado y al público no le interesaba tanto el asunto del jacuzzi. Lo malo de eso, pensó Gina, era que si ese espectáculo no conseguía captar la atención de la gente, tampoco lo haría el resto de la campaña de recaudación de fondos.

«No seas tan pesimista», se dijo a sí misma. «Tal vez están en casa viéndolo por televisión».

Sacó las bolsas del asiento trasero, pagó al taxista y dijo:

–Si no puede aguantar el suspense de no saber lo que hay en las bolsas, vea las últimas noticias del Canal Cinco.

El hombre pareció entender de repente.

–¡Así que usted forma parte de eso! Le dije a mi mujer que lo grabara para verlo al llegar a casa.

–Espero no decepcionarlo –murmuró Gina.

Uno de los miembros del equipo de televisión le

abrió la puerta y se ofreció a ayudarla con las bolsas, pero Gina lo rechazó con una sonrisa. Estaría loca si dejara el valioso contenido de las bolsas en manos de alguien más, después de todo lo que le había costado conseguirlo... Atravesó los puestos de maquillaje y de zapatos, vio que el atrio estaba abierto, se dirigió hacia él y se detuvo en seco.

La entrada no estaba desierta por falta de interés, sino porque la multitud se había reunido en el atrio para conseguir un buen sitio. Le costó un poco abrirse paso entre la multitud, sobre todo porque con las bolsas ocupaba el lugar de diez personas, pero finalmente llegó al centro. Sobre la rosa de mosaico estaba el jacuzzi, preparado y funcionando. Era una bañera enorme, roja y con forma de corazón.

«Tendría que haberme imaginado que elegiría algo así», pensó. Deseó que con tres bolsas llenas hubiera suficiente.

Dez no la vio llegar pero supo que estaba allí, porque un radar interno se volvió loco cuando ella entró en el atrio. Además, el nivel de ruido había descendido y aumentado repentinamente. Se dirigió sin prisa hacia el atrio atravesando la multitud y se quedó junto al jacuzzi.

Gina estaba allí esperándolo, envuelta en un albornoz y con una expresión de satisfacción consigo misma. Junto a sus pies estaban las tres bolsas vacías, y en la bañera... En la bañera flotaban cientos, tal vez miles, de juguetes de plástico. Había tantos que muchos descansaban encima de otros, sin tocar el agua.

Simplemente de un vistazo Dez pudo ver al menos

cien patitos. Pero no eran patos normales, los había rojos, azules, morados, verdes y algunos amarillos. Había patitos con gafas de sol, con equipos de buceo, con gorros de dormir, patitos que llevaban tutú, sombreros para el sol, otros metidos en balsas, patos con auriculares y patos haciendo equilibrio en esquíes acuáticos. Había un patito que se parecía vagamente a Marilyn Monroe, y otro, justo encima del montón de juguetes, llevaba un salvavidas con la palabra «Titanic».

Pero Gina no había llenado la bañera solo con patos, también había otros tipos de criaturas acuáticas, como delfines, ballenas, caballitos de mar, tiburones, pingüinos y peces de todas las formas y colores imaginables. Y luego estaban los barcos: pequeños botes de remos, remolcadores, lanchas, submarinos...

¿Cómo había conseguido Gina hacerse con todos los juguetes de goma de la ciudad de Lakemont sin que él se diera cuenta? Se necesitaría una pala para moverlos de manera que una persona pudiera entrar en el agua, y una vez dentro uno se podría perder. Desde luego, ese era el objetivo de la flotilla.

—Esa es mi chica —dijo Dez—. Vas a hacerlo.

—Desde luego. Estoy aplicando tu propia filosofía. Sería una tonta al conformarme con cien dólares por minuto cuando podría conseguir doscientos. Sin contar los donativos del resto de la gente —se quitó el albornoz y lo dejó caer a sus pies. Debajo llevaba un bikini de un color rosa tan brillante que casi hacía daño a la vista—. Dijiste que podía meterme en el jacuzzi antes y después darte el bañador, ¿recuerdas?

—Maldición —dijo Dez.

Gina metió un pie en la bañera y apartó algunos juguetes. Después se hundió en el agua y los patitos se amontonaron a su alrededor. La multitud estaba silenciosa, mirándola. No debía de ser fácil quitarse un bañador debajo del agua, y mucho menos con todos los patos alrededor. Pasaron casi dos minutos antes de que una mano esbelta emergiera del agua con la parte superior del bikini rosa. La gente manifestó su aprobación a voz en cuello.

Dez se inclinó sobre el jacuzzi y lo agarró. Aunque lo estaba viendo, no podía creer que Gina lo hubiera hecho.

—Ya está bien —dijo—. Ya te has probado a ti misma.

Ella lo miró sorprendida.

—No te vas a echar atrás en tu oferta de doblar la cantidad, ¿verdad? Porque si estás dispuesto a darme ciento cincuenta por minuto, te daré la otra parte.

Dez se rindió.

—Doscientos dólares por minuto, empezando ahora —miró el reloj resistente al agua que llevaba en la muñeca—. Son las ocho y doce minutos.

Ella le dedicó una sonrisa irresistible.

—Vamos, entra. El agua está estupenda.

Si no lo hubiera provocado, lo habría dejado ahí, pero la sonrisa traviesa que le lanzó lo decidió a meterse en la bañera. Sostuvo en alto el bikini de Gina y dijo:

—Ahora que Gina no va a necesitar esto, vamos a celebrar una pequeña subasta. Por el bien del museo, claro. ¿Cuánto me ofrecen por este bañador casi nuevo y muy mojado?

Ignoró a Gina, que protestaba desde el agua. ¿Qué era lo que iba a hacer? ¿Salir de la bañera e intentar detenerlo?

Dez vendió el bañador a un tipo del equipo de televisión por trescientos dólares. Visiblemente satisfecho, se quitó su propio albornoz dejando ver el bañador y se metió en el jacuzzi.

–Excepto por el hecho de intentar no tragarse un pato, esto es muy agradable. Tienes espíritu deportivo, Gina. Tal vez podamos pedirle al almacén que done la bañera al museo, ya que ahora es un objeto histórico –se reclinó contra el borde del jacuzzi y cerró los ojos.

Si tuviera un café de avellana… y si hubiera sido lo suficientemente inteligente como para elegir una bañera más pequeña, la vida sería perfecta.

Según el reloj de Dez habían pasado treinta y nueve minutos cuando Gina dijo:

–Ya he tenido bastante. Estoy cocida.

La mayor parte de la gente se había ido, pero aún quedaban unos cuantos incondicionales. Dez abrió los ojos. Gina estaba un poco sonrosada, y él se preguntó si era por el calor o por pensar en lo que iba a tener que pasar a continuación.

–¿Y cómo vas a salir? –preguntó perezosamente–. No llegas al albornoz, pero si me lo pides muy dulcemente, saldré primero y te lo alcanzaré.

Gina le sonrió, levantó los brazos y salió del agua. Dez parpadeó y volvió a mirar. Gina llevaba el bikini rosa. Las dos partes.

–Espera un momento –dijo.

–Dijiste que me metiera en la bañera y que te diera el bañador, pero no dijiste que tenía que ser el bañador que estaba llevando en ese momento, sino que simplemente fuera el mío. Y tengo el recibo para probar que es mío.

–Sabes muy bien que no era eso a lo que me refería.

–¿Ah, no? –parecía tan inocente que a Dez le entraron ganas de ahogarla allí mismo–. Fuiste tú quien me dio la idea cuando me preguntaste si ya había comprado un bañador nuevo. Así que cuando fui de compras compré dos.

–Y echaste uno en la bañera junto con todos los juguetes. Por eso tardaste tanto, porque no lo encontrabas.

–Ha sido un poco más difícil de lo que había pensado –admitió–. La bañera es muy grande. La otra parte debe de estar ahí abajo, por si quieres bucear.

Pero Dez no la estaba escuchando. Había algo raro en Gina. Tenía la piel azul, todo el cuerpo excepto la cara, como si acabara de salir de una bañera de agua helada. Pero eso era imposible, a menos que...

Estiró la mano para agarrar un pato azul, que le dejó un reguero de color en la piel.

–No todos estos juguetes están pensados para meterlos en el agua –dijo Dez.

–No. No había muchos en la ciudad, así que también compré algunos decorativos. ¿Por qué?

Él levantó la mano.

–Espero que esto se vaya de la piel tan fácilmente como se va de los patos.

CAPÍTULO 9

TODOS los voluntarios del museo se pasaron por el museo la mañana después del gran acontecimiento de la bañera. Dieron varias excusas, pero ella sabía que habían ido para ver si había sido capaz de quitarse el tinte azul. Había estado intentándolo durante más de una hora, hasta que, desesperada, decidió frotarse con un cepillito de pies a cabeza y así recuperó su color natural.

Aprovechó la oportunidad para darle a cada voluntario un paquete de entradas para la feria, para la que solo quedaban unos cuantos días. Estaba entregando los últimos cuando llegó Dez.

—Tienes buen aspecto –le dijo Gina.

—Durante un momento pensé que tendría que ir a la lavandería. He traído un cheque para pagar mi contribución al museo.

Gina alargó una mano.

—Doscientos dólares por minuto, ¿verdad?

—Eso es. Y no he descontado nada por la broma del bañador.

—Más vale que no. En realidad, deberías pagarme un extra. La otra parte del bañador ya no sirve para nada.

—Deberías verlo como una pieza de repuesto.

—Lo tendré en cuenta. Me encantaría seguir charlando, pero tengo muchas cosas que hacer hoy.

Él señaló la caja que Gina había dejado cerca de la entrada.

–Veo que todavía no has puesto el bote de galletas en la exposición.

–No he tenido tiempo –empezó a sacar papeles de la caja–. Así que, a menos que quieras hablar de nuestro trato…

–En realidad…

Gina sacó el último papel, pero el bote no estaba. El resto de objetos que había llevado al estudio de televisión estaba allí, pero el bote había desaparecido.

–Qué raro. Tal vez alguien lo ha visto aquí y lo ha llevado arriba.

Pero tampoco estaba en su sitio. Eleanor, que había sido la única voluntaria que estuvo en el museo el viernes, dijo que no lo había tocado.

–Y tú has estado en la entrada desde que se ha abierto el museo esta mañana, Gina –apuntó Eleanor–. Nadie más ha podido llevárselo.

Comenzaron a buscar por todo el museo, pero el tarro de galletas de Essie había desaparecido. ¿Cómo y cuándo se había esfumado? De todas formas no importaba mucho, porque la única responsable era ella.

Las lágrimas se le agolparon en los ojos.

–Es culpa mía.

Dez, que había ayudado en la búsqueda, dijo:

–Entonces yo también soy culpable. Traje la caja a una hora poco conveniente, en vez de cuando te dije que la iba a traer.

–No, yo soy la responsable. Dejé la caja ahí –«Y me fui de compras», se recordó. Había estado tan inspirada por las tres palabras que Anne Garrett había escrito en el recibo, «patitos de goma», que lo había olvidado absolutamente todo–. Debería haberlo de- vuelto a la exposición enseguida.

—Arriba no habría estado mucho más seguro –se- ñaló Dez–. De hecho, habría sido más fácil de robar. Solo hay que esperar a quedarse solo en la habitación para llevárselo.

—Si estás intentando que me sienta peor, lo estás consiguiendo. Ya sé que tenemos una seguridad ho- rrible. Esa es una de las razones por las que tenemos que reformar el museo o mudarnos.

—Eso es verdad. Si alguien hubiera querido lle- varse el bote, no habría importado mucho dónde es- tuviera. Aunque no entiendo por qué querrían llevár- selo…

—Bueno, eso también es culpa mía, ¿verdad? –pre- guntó Gina amargamente–. Yo fui quien lo enseñó en televisión y dije lo valioso que era –se apoyó contra la escalera.

—Vamos –dijo Dez–. Subamos a tu oficina.

—¿Por qué no? –contestó Gina–. Aquí abajo ya no queda nada de valor.

—Déjalo ya, Gina. Has perdido uno de los objetos de Essie, lo que significa que aún te quedan unos ca- torce mil.

—Pero ese era importante.

—¿Para Essie o para ti?

—Para las dos –comenzó a subir las escaleras pero a medio camino se volvió para mirar a Dez con re- celo. ¿Seguro que estaba en la caja?

Al abandonar el estudio de televisión sí. Había visto a Dez envolverlo en el papel protector y me- terlo en la caja. Eso significaba que había llegado hasta el coche. Pero ella no había mirado dentro de la caja cuando él la llevó al museo al día siguiente.

«Esto es una locura», pensó. ¿Por qué querría Dez llevarse el bote? En cualquier caso, no podría haber sabido si ella abriría la caja en el momento en que él la llevara. Por supuesto que él no lo había robado. Ese pensamiento la hizo sentirse aún más culpable y no pudo aguantar más. Las lágrimas que había estado intentando contener le desbordaron los ojos. Dez le rodeó los hombros con un brazo y ella lloró aún más fuerte.

Él le dio un pañuelo de papel de una caja que tenía en el escritorio.

–Lo arreglaremos, cariño.

Ella no podía dejar de sollozar.

–No sé cómo piensas que esto se puede arreglar –pudo decir–. Pero no se trata solo del bote de galletas, también estoy intentando cuidar el legado de Essie. No quiero que el museo simplemente siga abierto, quiero hacer de él algo grande. Pero en vez de eso pierdo el bote.

–Harás del museo algo grande, Gina. Hablemos de la proposición que me hiciste.

–¿Cambiar el edificio Tyler-Royale por la casa de Essie? –Gina se secó los ojos–. ¿Qué pasa? –se quedó mirándolo y después volvió a cstallar cn lágrimas–. Sabes muy bien que el museo no puede permitirse tener ese edificio tan grande. Llevas mucho tiempo diciéndomelo, y tienes razón.

–Gina, podemos encontrar una solución. Pero deja de llorar para que podamos hablar de ello, ¿de acuerdo?

Ella no podía creer lo que estaba oyendo. ¿El hombre al que ni siquiera le gustaban los edificios antiguos estaba dispuesto a hacer un enorme sacrificio financiero para que ella pudiera conseguir lo que quería?

«Solo si se queda con la casa de Essie a cambio», le dijo una pequeña voz en su interior.

Pero ni siquiera el hecho de querer la casa era suficiente para explicar ese deseo de hacer un trato con ella. En realidad, solo había una explicación. Dez había cambiado. Cuando lo conoció, Gina supo que era un hombre fuera de lo común. Siempre había sido especial. Pero en ese momento… era extraordinario.

Por eso no era sorprendente que se hubiera enamorado de él.

«Oh, no», pensó. «Vaya tontería que he hecho».

Por fin Gina dejó de llorar. Parecía muy aturdida, pero al menos ya no sollozaba. ¿Se había quedado tan atónita por lo que él había dicho que ni siquiera podía hablar?

Dez tuvo que admitir que la conversación no se estaba desarrollando como había pensado. Estaba preparando el terreno para hablar del tema cuando se dieron cuenta de que el maldito bote de galletas había desaparecido. Se sentó en la esquina del escritorio.

—Me aseguraré de que consigas un edificio adecuado.

Ella parpadeó y frunció el ceño.

—¿No el Tyler-Royale?

—Gina, por el amor de Dios, me acabas de gritar porque pensabas que era eso lo que te estaba ofreciendo.

—Supongo que sí. Entonces, ¿qué me ofreces? Porque seguro que aún estás pensando en la iglesia de St. Francis…

—No —dijo apresuradamente—. En realidad tengo

planes para la iglesia, así que está fuera de juego. ¿Nos damos la mano para sellar el trato?

–¿Estás bromeando? ¿Sin saber cuál es el acuerdo?

Dez suspiró.

–En esta ciudad sobran los edificios. Hay algunos edificios junto al lago que podrían…

–Tal vez –dijo ella con cautela–. Pero no voy a darte la casa de Essie a cambio de algo que no sé lo que es.

–Puede que ahora no lo sepas, pero te garantizo que es mejor que lo que tienes.

–¿Bajo tu punto de vista o bajo el mío?

No le había costado mucho recuperarse, pensó Dez con irritación.

–Muy bien, te buscaré un edificio, luego tú lo ves y hacemos un trato.

No esperó una respuesta, porque ya estaba trabajando contra reloj. Y porque tenía que conseguir la casa de Essie, costara lo que costara.

Gina todavía estaba en estado de shock. Solo tenía una vaga idea de lo que le había dicho a Dez, porque todavía estaba pensando en la idiotez que había cometido enamorándose de él. Debería haberse dado cuenta antes, pero Dez tenía unos valores muy diferentes, no podía sentirse atraída por él. Jugar con él, sí. Flirtear, también. Pero no tomarlo en serio y mucho menos enamorarse de él. Pero eso era exactamente lo que había hecho.

La había pillado desprevenida porque demostró ser de una manera muy diferente a como ella había pensado. De alguna forma se había despertado en él el sentido de la historia, del destino, de la familia, ese sentido que todo el mundo pensaba que estaba muerto. De eso se había enamorado Gina, del Dez que se preocupaba por la casa de Essie tanto como ella misma.

¿Qué ocurriría si la próxima vez que lo viera se acercara a él, le pusiera una mano en la solapa y dijera: «Por cierto, Dez, te quiero»? Probablemente pensaría que estaba bromeando, pero si la tomaba en serio sería aún peor. Podría ponerse pálido o gritar y echar a correr, igual que ella habría hecho si el día anterior él le hubiera puesto una mano en el hombro diciendo: «¿Sabes, Gina?, creo que te quiero». Pero sabía que él nunca pronunciaría esas palabras.

La feria tradicional había tenido una acogida estupenda. Gina se paseaba entre los puestos y las casetas, intentando vigilarlo todo. Algunos voluntarios, vestidos de época, representaban a los primeros colonos, y Gina pensó que deberían haberle pedido a Dez que hiciera el papel de Desmond Kerrigan. Pero seguramente estaba demasiado ocupado.

Gina no lo había visto desde el día en que desapareció el bote de Essie. Y aunque había intentado convencerse a sí misma de que estaba equivocada pensando que se había enamorado, los días que estaba pasando separada de Dez le decían lo contrario. Echaba de menos que le tomara el pelo. Echaba de menos las lecciones sobre cómo besar. Incluso añoraba la manera rotunda que tenía de desafiarla y obligarla a cambiar de opinión. Echaba de menos a Dez.

Tenía la esperanza de que acudiera a la feria, pero estaba oscureciendo y no había aparecido. Se dijo a sí misma que estaría ocupado, tal vez buscándole un edificio, pero en realidad tenía miedo de haberse descubierto, de que Dez hubiera adivinado lo que ella sentía. Y sospechaba que, incapaz de corresponderla, había decidido alejarse o simplemente se estaba protegiendo.

En eso pensaba mientras hacía cola en la caseta de los helados artesanales. No se había dado el gusto en toda la tarde de probar ninguna de las especialidades de la feria, manteniéndose alerta por si veía a Dez. Había sido una tontería, por supuesto. Él no iba a ir y Gina había aprendido la lección. Se recuperaría y, mientras tanto, lo mejor era seguir actuando con normalidad.

Cuando le llegó el turno se acercó al mostrador improvisado y dijo:

—Dame uno de fresa, si todavía te quedan.

—Que sean dos —dijo Dez a su lado.

Gina se volvió para mirarlo.

—Has venido. ¡Estás aquí! —exclamó.

Durante unos segundos él la miró a los ojos y después se volvió hacia el hombre del mostrador para pagarle los helados. Gina apretó los dientes.

«¡Qué tonta eres!», pensó, e inmediatamente intentó disimular su excitación.

—Me alegro de que pudieras venir —dijo con un nivel de voz perfectamente normal—. Habría sido una pena que desperdiciaras la entrada. Sin contar el café de avellana que hemos encargado especialmente para ti.

—No me lo habría perdido por nada del mundo. ¿Prefieres sentarte o pasear?

Gina pensó la respuesta. Sentarse significaba hablar y mirarse. En otra situación le habría parecido bien, pero aquella noche…

—Pasear. Hemos vendido un montón de entradas

de última hora. No es algo normal, porque por lo general, quien está interesado las compra antes. Creo que tendremos bastantes ganancias –«Estás parloteando, Gina, déjalo. O por lo menos cambia de tema»–. Gracias por el helado.

–De nada. El jardín de Essie no había acogido a tanta gente desde que los jardineros del viejo Desmond lo plantaron.

Dez no había aprovechado la oportunidad para darle una lección de cómo besar. En realidad, ni siquiera la había tocado. La tristeza se apoderó de Gina. «No pienses en eso ahora», se dijo.

–Has debido de estar trabajando mucho, porque no has venido para enseñarme ningún edificio.

–Me está resultando más difícil de lo que pensaba –contestó Dez.

–Eso está bien. Quiero decir, que si eres muy selectivo me ahorrarás mucho tiempo.

Pasearon entre las filas de puestos, pero pronto llegó la hora de cerrar. La gente se marchó y solo se quedaron los voluntarios que habían ayudado a montar las casetas. Gina ayudó a desmontar el puesto de helados, mientras Dez echaba una mano quitando las mesas. Cuando hubieron acabado, él dijo:

–Te llevo a casa.

–No hace falta –Gina buscó una excusa–. Creo que me quedaré un poco más para hacer el recuento y todo eso.

Eleanor, que pasaba a su lado con una bandeja llena de helados, dijo:

–Vamos, Gina, vete a casa. Ya has estado aquí mucho tiempo hoy.

–Y tú también –contestó, pero Eleanor no se detuvo–. Está bien. Te agradezco que me lleves.

Estuvo demasiado callada durante el trayecto a su casa, y cuando finalmente llegaron abrió la puerta y dijo:

–Gracias.

–Voy a subir –contestó Dez.

A Gina le dio un vuelco el corazón. ¿Por qué? ¿Qué tenía que decirle que no había podido decirle en la feria? «Esto no me va a gustar», pensó. Pero fuera lo que fuera, era mejor que acabara cuanto antes.

La señora Mason debía de estar de vacaciones, porque no los espió cuando subieron las escaleras. Gina intentó girar la llave, torpemente. Dez agarró la llave, la metió en la cerradura y abrió la puerta. Ella entró en la casa, pero antes de que pudiera encender las luces Dez le tomó una mano y la atrajo hacia él. Le acarició el rostro y la besó largamente, y después, sin separar los labios, le deslizó las manos por la garganta, los hombros y la espalda, abrazándola contra él.

Si hubiera querido, Gina no habría podido resistirse a la oleada de sensaciones, pero no quería hacerlo. Deseaba quedarse así para siempre, en sus brazos, sintiéndose especial.

Cuando él levantó la cabeza no dejó de abrazarla. Ella miró hacia arriba y dijo:

–¿Qué…?

–Te has delatado –ella se quedó pasmada. Si él sabía cómo se sentía y reaccionaba así… –. Te alegraste de verme –susurró y la besó de nuevo.

Entonces no sabía todo su secreto. Mientras llevara cuidado…

–¿Esa era la lección número tres? –preguntó Gina con voz ronca.

–Sí. Para enseñarte lo que pasa cuando uno se contiene.

–¿A eso lo llamas contenerse?

–Quería besarte en la feria. ¿Ves cómo ha mejorado el resultado después de esperar tanto? Hay que aguantarse un poco, resistirse al deseo…

–Pero… ¿Y si no quiero aguantarme, resistirme o esperar?

–Esa es la lección número cuatro –murmuró Dez contra sus labios–. El abandono total. Pero eso depende de ti.

Gina dudó durante un segundo y después cerró los ojos y lo besó, sin estar segura de cómo reaccionaría él. Pero Dez la abrazó fuertemente.

Nunca había pensado en cómo sería hacer el amor con él, porque le parecía que fantasear con eso la haría sentirse peor. Pero en ese momento supo que la realidad superaba todas sus fantasías.

Gina estaba sentada en la cama tomando el café que Dez le había dado y viendo cómo se vestía. Su ropa había pasado la noche en el suelo del dormitorio de Gina, y él estaba fresco y le brillaban los ojos. Tenía un aspecto delicioso.

Se arregló el cuello de la camisa y se sentó en el borde de la cama, inclinándose para besarla. A Gina se le aceleró el pulso, y tuvo que recordarse que debía ser prudente. «Compórtate con normalidad», se dijo a sí misma. «No como si tu vida hubiera dado un giro de ciento ochenta grados, aunque sea verdad».

–¿Vas a salir a buscar un edificio para mí? –bromeó.

–No.

–Pero yo pensé… ¿No lo estás buscando?

–Bueno, sí. En realidad tenías razón… hasta cierto punto. El mejor sitio para el museo es el Tyler-Royale. Pero yo también tenía razón: no puedes manejar un edificio tan grande. Así que este es el trato: te quedas con un piso del edificio para el museo. Es diez veces más grande que el espacio que ahora tienes.

Ella lo abrazó.

–¡Lo vas a conservar!

–Sí, supongo que sí –admitió–. Iba a decírtelo anoche, pero parecías tener otras prioridades –Gina se ruborizó y Dez se rio y la besó de nuevo–. Además, como bien me dijiste una vez, es tan sólido que sería casi imposible echarlo abajo.

Gina sabía que Dez podía derrumbar cualquier cosa. ¿Era ella la razón por la que iba a conservar el edificio?

–¿Y el resto?

–El museo puede ir en la segunda planta. Habrá tiendas al nivel de la calle y el resto de plantas será para apartamentos de lujo.

Gina no podría haber pedido más.

–Gracias –susurró acercándose a él para besarlo.

Gina lo veía todo de color de rosa. Ni siquiera el lugar vacío del bote de galletas podía ponerla de mal humor. La feria había sido un éxito, todavía le llegaban donativos por el espectáculo del jacuzzi, el museo pronto tendría un nuevo hogar… y ella tenía a Dez.

«Ten cuidado», se dijo. Había pasado la noche con ella, pero eso no quería decir que se fuera a comprometer para toda la vida. Sin embargo, sabía que para

Dez tampoco había sido una simple aventura. Y tal vez algún día, cuando hubieran trasladado el museo, reformarían juntos la casa de Essie para devolverle la grandeza que un día tuvo.

Estaba en el salón pensando en todo eso cuando llegó Nathan Haynes.

—Señorita Haskell. Lo siento, pero no he podido hablar antes con usted sobre la casa. Todavía tengo que escribir un informe completo para el consejo directivo, pero ¿le gustaría conocer antes mis conclusiones?

—En realidad no —dijo felizmente—. No importa mucho, pero estoy segura de que al consejo le interesará. Quien sí querrá saber los detalles es Dez. Ya que será él quien haga las reformas…

—¿Reformas? —preguntó Nathan—. Creo que no la entiendo.

—Supongo que nadie se lo ha dicho. Todavía quedan algunos cabos sueltos, y el consejo aún tiene que dar su aprobación, así que manténgalo en secreto una temporada, ¿de acuerdo? Vamos a hacer un trato: Dez se va a quedar con la casa y el museo se trasladará a…

El arquitecto estaba negando con la cabeza.

—Dez no va a reformar la casa.

«¿Y cómo lo sabe?»

—Debe de estar equivocado, señor Haynes.

—No, señorita Haskell. He estado haciendo los planos para lo que se va a construir aquí. En cuanto el museo se haya trasladado, la casa será demolida.

—No —susurró Gina.

—Lo haremos por etapas, claro. Las reformas del Tyler-Royale serán lo primero, para que el museo pueda establecerse allí. Después despejaremos este

solar, desde aquí hasta la iglesia de St. Francis, incluyendo el edificio en el que está la oficina de Dez.

—¡No! —pero si no fuera verdad, ¿cómo podía saber Nathan dónde iba a ir el museo?

En la mirada del arquitecto se reflejaba la comprensión y la lástima.

—Este solar es clave para los bloques de apartamentos que quiere construir. Al principio iba a hacer
solo una torre, pero si cuenta con este terreno el proyecto puede ser tres veces mayor —se dio cuenta de
que Gina no lo estaba escuchando—. Si hay algo en
particular que quiera de la casa, señorita Haskell... la
barandilla de la escalera, los paneles, la puerta principal, algunas plantas del jardín..., haga una lista.
Puede que podamos salvar algo antes de demoler la
casa.

Nathan Haynes le estaba contando la verdad. Dez
quería la casa, la quería desesperadamente. Pero no
para vivir en ella ni porque significara algo para él.
Solamente la quería para destruirla.

CAPÍTULO 10

EN CIERTO modo Gina había ganado: el Tyler-Royale no se demolería. Pero también había perdido, y la derrota pesaba más que la victoria. Había traicionado la confianza de Essie. Essie había creído en ella, había pensado que Gina se mantendría fiel a la causa. A la causa de Essie y a su museo. Gina lo había intentado, había hecho lo que le parecía correcto, lo que creía que Essie habría hecho. Pero se había equivocado, había sido demasiado inocente y había confiado en Dez…

No, eso no era del todo correcto. No había sido por inocencia, sino que había actuado cegada por el amor. Gina conocía su forma de pensar y sus sentimientos, sabía que no era un conservacionista y que se ganaba la vida demoliendo edificios. Pero había querido creer que ella era lo suficientemente importante para él como para hacerlo cambiar.

Al menos había salvado el Tyler-Royale, pero solo porque le convenía, porque así tendría más terreno para llevar a cabo un proyecto aún más grande.

–Y vivieron felices para siempre –dijo Gina en un susurro. ¡Vaya cuento de hadas que se había inventado!

–Lo siento –dijo Haynes tímidamente–. Si me deja que se lo explique…

Gina negó con la cabeza y se fue. No pensaba es-

cuchar al arquitecto describiéndole cómo las excava-
doras y las bolas de demolición destruirían la casa de
Essie.

No solo había traicionado a Essie, sino también a
sí misma. Se había equivocado con Dez, se había
enamorado de una fantasía. En su imaginación había
creado al hombre que ella quería que fuera y después
se había enamorado de una ilusión. Ya no sabía lo
que era real, solo lo que no lo era.

Gina había esperado que Dez apareciera, pero pasaron las horas y se dio cuenta de que no iba a ir. Probablemente estaba demasiado ocupado con los planos de las nuevas torres que sustituirían a la casa de
Essie. Estaba claro que a Dez no le importaba cómo
se sentía, y como ya había conseguido lo que quería,
probablemente no volvería más a ella.

De todas maneras, ¿qué razón tenía para correr a
su encuentro y poder explicarle lo que había ocurrido? No estaba obligado a ello. Y tal vez Haynes no
le había contado la reacción de Gina, era posible que
Dez no supiera nada. Y aunque lo hubiera mencionado, ¿por qué tendría Dez que pensar en ello?

Por otra parte, la noche anterior ella se había com-
portado como si lo deseara desesperadamente, sin
importarle lo que pudiera hacer. Y por la mañana él
se había marchado sin fijar ninguna cita, ni siquiera
para cenar…

En realidad lo oyó antes de verlo. Era ya entrada
la tarde y Gina estaba sentada en su escritorio pagando las facturas del museo cuando escuchó su voz
y la de Eleanor junto a la puerta, al pie de la escalera.
No podía distinguir las palabras, pero estaba segura

de que era la voz de Dez. Entonces él habló un poco más alto:

—Aquí. Cuida de esto y yo la traeré.

Gina apretó el lápiz con fuerza al escuchar unas pisadas que subían la escalera. Se inclinó sobre la factura del cerrajero. Dez entró en el despacho, se acercó al escritorio y se quedó junto a ella. Alargó una mano hacia su cuello, pero Gina lo vio con el rabillo del ojo y con un movimiento instintivo echó la silla hacia atrás para apartarse de él. Dez no se movió.

—Nate me ha dicho que estabas disgustada.

—Muy perspicaz —contestó sin levantar la vista de la factura—. Es increíble lo que cobra un cerrajero por abrir la verja oxidada del jardín.

Dez se sentó en el borde de la mesa.

—¿Quieres hablar de ello, Gina?

—Si crees que te lo voy a explicar, estás muy equivocado. Si realmente necesitas que te lo explique, estás peor de lo que pensaba —puso la factura sobre una pila de papeles—. Ya no hay trato, Dez.

—No puedes hacer eso.

—Ya lo veremos.

—No puedes tomar esa decisión sin la aprobación del consejo.

—Es verdad —admitió Gina—. Pero tampoco puedo pactar contigo sin consultar con ellos. Deberías haberlo puesto todo por escrito, porque ya que el trato aún no se ha firmado, todo lo que tengo que hacer es aconsejar que no se firme.

—Y ellos te ignorarán en cuanto hayan leído el informe de Nate Haynes.

—¿Por qué? ¿Qué va a decir ese informe? ¿Y cuánto le vas a pagar para que diga exactamente lo que quieres?

Él se bajó de la mesa.

—Maldita sea, Gina, no puedes decir esas cosas.

—Diré lo que quiera.

—Puedes decir lo que quieras de mí, pero no acuses a Nate de aceptar sobornos. Él no trabaja así.

—¿Cómo lo sabes? ¿Porque has intentado sobornarlo? No intentes distraerme, Dez. ¿Qué va a haber en ese informe que convenza al consejo de que te den la casa, aunque les diga que Haynes trabaja en realidad para ti?

—La verdad.

—¿Esperas que me crea eso cuando ya me has mentido?

—¿Cómo? ¿Prometiéndote reformar la casa de Essie y devolviéndole su gloria? No puedes acusarme de eso, Gina, porque nunca te he prometido nada parecido.

—Pero lo has insinuado.

—No, no lo he hecho. Tú lo has creído así porque era lo que querías que ocurriera. En realidad te has engañado a ti misma.

Gina pensó en lo que acababa de decir. ¿Era posible que tuviera razón, que aun sin ninguna prueba se hubiera convencido a sí misma de que él iba a hacer lo que ella quería que hiciera? ¿Y por qué no? Ya se había convencido de que a Dez le importaban sus sentimientos, de que ella le importaba.

—Nunca me preguntaste lo que iba a hacer con la casa, Gina.

Era cierto, no lo había hecho. Entonces tal vez Dez no había mentido... pero tampoco le había dicho la verdad. En lugar de eso, se había aprovechado de lo que Gina creía.

–Pero deberías habérmelo dicho. Avisarme de lo que ibas a hacer.

–Lo intenté –contestó–, pero no quisiste escucharme.

Gina sintió como si se le hubiera roto algo en su interior.

–Sabes lo que siento por esta casa… lo que sentía por Essie, y lo has usado para conseguir lo que querías. Sabes perfectamente que si me hubieras dicho lo que pensabas hacer no habría llegado a un acuerdo contigo, y por eso no me lo dijiste.

–No tenía intención de echar abajo la casa. Al menos al principio. Ni siquiera la quería, pero tú insististe en que tenía que quedármela –Gina se quedó fría–. Tú fuiste quien me hizo pensar en construir en esta parte de la ciudad, Gina. De no haber sido por ti, nunca habría comprado la iglesia de St. Francis… solo la compré porque pensé que así dejarías de fastidiarme.

–Eso es, ¡ahora hazme a mí responsable!

–Solamente te hice caso. Cuando me sugeriste que construyera en el solar de la iglesia, pensé que estabas loca. Pero luego comencé a pensar en ello y cuantas más vueltas le daba, más sentido tenía. Construir aquí significa que el vecindario volverá a tener estilo.

–¿Se supone que tengo que sentirme mejor? ¡Echa abajo cualquier otra cosa que tengas, pero no la casa de Essie!

–Gina, es solo una casa. También voy a demoler el edificio donde está mi oficina.

–Me dijiste que conservarías ese edificio mientras sirviera a tus propósitos, pero esta casa es diferente.

–¿Por qué demonios es tan importante?

«No lo entendería, no puede entenderlo. Es inútil explicárselo», pensó Gina. Pero algo en su interior le dijo que tenía que hablar de ello. Gina tomó aire lentamente.

–Essie lo era todo para mí, Dez –se humedeció los labios y en un susurro dijo lo que nunca antes había dicho, ni siquiera a Essie–: Ella me salvó.

–Muy bien, Essie era especial, pero eso no explica por qué la casa…

–Haría cualquier cosa, ¡cualquiera!, para proteger su legado. Ya te dije que ella me consiguió el trabajo, pero lo que no te he dicho es por qué –Gina se frotó los ojos–. Mis padres murieron cuando yo tenía cuatro años. Al cumplir los trece había vivido en una docena de casas de acogida. La casa en la que estaba entonces estaba bien, supongo, aunque mis padres adoptivos se interesaban más por el dinero que les daban por cuidarme. No sé lo que hacían con él, aunque supongo que no importa demasiado. Pero entonces me parecía una fortuna.

–¿Quieres decir que no lo gastaban en ti como se suponía que debían hacer?

–No, no lo hacían. Yo necesitaba un par de zapatos. Los míos tenían una grieta en la suela y, como era pleno invierno, siempre llevaba los pics mojados y fríos. Me dijeron que ya no quedaba dinero y que tendría que esperar a que llegara el siguiente cheque. Así que robé los zapatos. En Tyler-Royale, por cierto.

Él suspiró.

–Y te pillaron, claro.

–Essie fue quien me pilló. Se estaba probando un par de esos horrendos zapatones negros que siempre llevaba. Yo no la vi al entrar, pero estaba en su clase de historia y ella me reconoció. Cuando escondí los zapatos debajo del abrigo ella me agarró por el cuello y me llevó al encargado. Él llamó a la policía.

Miró a Dez, que parecía espantado. ¿Por lo que ella había hecho o por la reacción de Essie? En realidad no importaba lo que pensara de ella, y Gina ya no podía dejar de hablar.

—Cuando el juez me dijo que me iba a llevar a un reformatorio…

—¿Por llevarte un par de zapatos que necesitabas desesperadamente?

Gina lo miró a los ojos.

—No era la primera vez que robaba. Y cuando estaba de pie frente al juez, temblando de miedo, ella se levantó y dijo que se haría cargo de mí.

—Tratamiento de choque —murmuró Dez.

—Me contrató para que le limpiara el polvo a todos sus tesoros, y así pagué los zapatos.

—No me extraña que sientas que le debes tanto.

—Pero no porque me librara del reformatorio. A veces prefería estar allí que en el instituto de Lakemont.

—Porque había gente como Jennifer Carleton, supongo.

Gina asintió con la cabeza.

—No imaginas lo crueles que pueden ser las chicas de trece años con quien no terminas de encajar. Yo era como el animal de compañía de la profesora. Pero Essie hizo otras muchas cosas por mí. Pronto se dio cuenta de que no tenía modales, ni siquiera sabía cómo sentarme. ¿Te puedes creer que fue ella quien me enseñó cómo debía vestirme?

Dez la miró de arriba abajo, fijándose en el corte de la falda y en el suéter.

–Ni en un millón de años.

–Pues lo hizo. Ella solamente se ponía prendas negras que no tenían forma, pero reconocía el estilo en cuanto lo veía. Y poco a poco, llegó un momento en el que casi vivía aquí, y a veces… –bajó el tono de voz hasta un susurro–. A veces imaginaba que Essie era realmente mi tía, que Desmond Kerrigan había sido mi bisabuelo, que tenía un pasado, una historia familiar. Y antes de que me diera cuenta…

–Te habías enganchado. Por eso todo lo que Essie quería es tan importante para ti.

–Sí. Essie es la razón por la que terminé en la universidad en vez de en la cárcel. Estoy aquí por ella –se mordió el labio y miró a Dez pidiéndole comprensión–. Llevarse el museo a otro sitio es una cosa, pero destruir la casa… Dez, por favor, no me hagas esto, no me obligues a romper la promesa que le hice a Essie.

Se quedaron en silencio varios segundos.

–Ojalá pudiera darte lo que quieres, cariño.

El tono de su voz disipó cualquier esperanza. Gina comenzó a llorar. Le había contado sus secretos, le había desnudado el alma, y todo había sido en vano.

–Gina –dijo Dez suavemente–. No estás rompiendo la promesa que le hiciste a Essie si no puedes mantenerla.

–¿Me estás diciendo que no me eche la culpa porque eres tú quien hace que sea imposible de mantener? Si no hubiera dicho nada del Tyler-Royale ni de la iglesia, todo seguiría como antes.

–No exactamente –alargó una mano y le agarró la muñeca–. Ven conmigo, tengo que enseñarte algo.

Ella intentó soltarse, sin éxito.

–No. Déjame sola, Dez. No puedo aguantarlo más. No puedo amar a alguien que…

Espantada por lo que acababa de admitir, miró la mano que se cerraba en torno a su muñeca. Si se alejaba de ella como si acabara de tocar un carbón ardiendo, no lo culparía. Pero Dez la agarró con más fuerza.

—Vas a venir conmigo. Preferiría no tener que llevarte a rastras, pero si tengo que hacerlo…

—¿Por qué no me dejas sola? —pidió.

—Porque tienes que ver el informe de Nate —tiró de su mano y Gina lo siguió.

Al bajar las escaleras le pareció que crujían más que de costumbre. Dez no la soltó hasta que estuvieron en la cocina. Allí señaló el techo.

—Dime que esa grieta no está peor que hace dos semanas.

—Yo la veo igual. ¿Por qué?

—Piénsalo bien —abrió la puerta del sótano y sacó una pequeña linterna del bolsillo—. ¿Cuándo fue la última vez que bajaste al sótano?

—No lo sé… supongo que cuando vine a buscar algo para subirlo a la exposición.

—Cuidado con la cabeza —él bajó primero y luego la esperó, alumbrando las vigas que estaban sobre sus cabezas—. Allí… ¿ves la abertura en esa viga? La atraviesa completamente.

—¿Por eso hay una grieta en la cocina?

—No. Por eso hay tanto polvo en el armarito que está debajo de las escaleras. El soporte de las escaleras se ha debilitado, los escalones vibran cada vez que alguien los sube o los baja y se desprenden trozos de yeso.

¿Cómo sabía Dez que había polvo en el armario? Porque, Gina recordó, al sacar la caja para venderle una entrada tuvo que limpiarla. En realidad, últimamente Eleanor siempre estaba limpiando, pero Gina pensaba que todo estaba más sucio por el tiempo o porque se había incrementado el número de visitantes. No se le había ocurrido que el problema estaba en la propia casa.

—Hay grietas en la cocina porque los cimientos de esta parte de la casa se han combado. Ven aquí –dijo Dez mientras la conducía al pie de las escaleras e iluminaba con la linterna un muro de piedra.

Parecía húmedo, pero Gina nunca se había dado cuenta. Y ahora veía que el centro del muro estaba metido hacia dentro.

—Si hubierais excavado en el jardín para hacer otra galería, todo este muro se habría torcido –Dez la iluminó con la linterna–. ¿Quieres que siga? Tal vez deberías echarle un vistazo a la parra que hay en la parte trasera de la casa. Se ha incrustado en el cemento y algunos ladrillos ya están sueltos. Y la madera de las ventanas se está pudriendo…

—No. Ya basta, no quiero escuchar nada más –dijo Gina poniéndose los dedos en las sienes–. Y he dejado que los niños dieran saltos en las escaleras…

—Nate dice que no hay peligro inmediato de derrumbe, pero que la casa no se puede salvar.

—¿Por qué no me lo dijiste? –Gina empezaba a tener dificultades para respirar.

—Vamos –dijo Dez–. Volvamos arriba antes de que nos asfixiemos con este olor a humedad.

Gina subió primero y Dez le puso una mano en la cadera para ayudarla. El recuerdo de la intimidad que habían compartido la sobresaltó y se apresuró a subir el resto de escalones. Dez cerró la puerta.

—¿Nos tomamos algo frío para quitarnos el mal sabor de boca?

Gina sacudió la cabeza.

—Sírvete tú mismo.

Él se acercó a la nevera y sacó una lata. La abrió y se inclinó contra el frigorífico.

—¿Que por qué no te di más detalles? Porque no lo he sabido todo hasta que he hablado con Nate esta mañana. Pero intenté avisarte, Gina. Te dije que la casa se te estaba cayendo encima. Tiene ciento cincuenta años y no ha habido reparaciones importantes en más de un siglo.

—Creí que solo estabas…

—¿Siendo destructivo, como siempre?

—Sí —admitió ella—. Pero debería haber sabido que tú no…

Gina se detuvo. ¿Qué estaba haciendo? ¿Convenciéndose de que él había querido salvar la casa, de que lo habría hecho si hubiera sido posible?

—Aunque me gustaría ser tu caballero andante, tengo que ser sincero, Gina.

—No habrías salvado la casa, a pesar de todo.

Por lo menos Dez lo había admitido, le estaba diciendo la verdad en vez de lo que ella quería oír. Gina sacó una silla de debajo de la mesa y se sentó.

—Si su estado hubiera sido mejor, también habría querido demolerla. Cariño, Essie no habría esperado que salvaras lo insalvable.

Gina se mordió el labio inferior. Dez parecía muy seguro de sí mismo, y ella deseaba creerlo.

—Pero… ¿Cómo puedes saberlo? Casi no la conocías.

—Porque me has contado lo más importante —dijo suavemente—. La mujer que te agarró del cuello, que permaneció en silencio mientras te interrogaba la policía y que dejó que temblaras de miedo frente al juez era una mujer práctica que no se preocupaba de tonterías.

—Eso es verdad —admitió Gina.

—Essie sabía que con la simpatía no te enderezaría, así que hizo lo que tenía que hacer. Y ahora haría lo mismo, no perdería el tiempo luchando contra lo imposible.

—¿Como yo he hecho, quieres decir?

—No, no es eso lo que quiero decir. Gina, tu devoción es comprensible y admirable, pero no creo que Essie esperara que siguieras sus pasos ciegamente. Confió en ti porque creía que podías ser una mujer independiente y tomar tus propias decisiones. De hecho, estoy seguro de que se habría molestado mucho si te hubiera visto anclada en el pasado.

Gina se sintió herida.

—¡Anclada!

—Sí, anclada. Apreciar y proteger la historia está bien, pero…

—Eso es muy gracioso, sobre todo viniendo de ti —se levantó y se dirigió a la puerta.

Él la detuvo.

—Si hubiera querido que fueras su clon, no te habría enseñado a vestir bien en vez de ir siempre de negro como ella —la afirmación era tan ridícula que Gina se paró y lo miró—. Essie no está en esta casa, sino dentro de ti, y siempre estará ahí.

Gina respiró profundamente y asintió con la cabeza.

—Muy bien. Me rindo.

—No quiero que te rindas. Quiero que estés de acuerdo.

—Vale, estoy de acuerdo, ¿Y ahora qué? Haynes

me ha dicho que si hay algo que quiera conservar que se lo diga y él intentará salvarlo.

—Por supuesto. Conservaremos todo lo que podamos.

Ella negó con la cabeza.

—Aunque contemos con una planta entera para el museo, no tendremos sitio para todo —dijo con tristeza.

—Si quieres tener algunos recuerdos del museo, puedes poner una pequeña exposición sobre la primera casa que lo albergó, pero eso no es lo que tenía en mente —Gina frunció el ceño—. Pensé que podíamos diseñar uno de los apartamentos de lujo para ti y para mí —le dirigió una mirada y desvió la vista rápidamente—. Así estarías aún más cerca del museo, y con los ingresos de las tiendas y los alquileres de los apartamentos podrías contratar a una plantilla en vez de confiar tanto en los voluntarios.

Ella lo miró.

—Yo… Dez, no bromees. ¿Quieres decir que vas a dar al museo las ganancias de los alquileres?

Él se echó a reír.

—Gina, eres increíble. Te preocupa más el presupuesto del museo que lo que acabo de proponerte.

—Tú… ¿qué?

—Estaba intentando decirte que quiero pasar el resto de mi vida contigo —dejó en la mesa la lata—. Ven aquí —ella no se movió y se hizo el silencio entre los dos—. Lo siento —dijo él finalmente—. Pensé que cuando dijiste que no podías amar a alguien como yo solo estabas intentando convencerte a ti misma de que no podías. Creí que te importaba —se dio la vuelta.

Gina corrió hacia él.

–Dez… ¡No te vayas!

Un momento después estaba en sus brazos y el tiempo se había detenido. Cuando Dez dejó de besarla, apoyó la mejilla contra su pelo y dijo:

–Otros veinte o treinta años de trabajo duro y puede que hagas de mí algo más que un bárbaro.

–Lo intentaré –contestó casi sin saber lo que decía–. Dez, ¿qué querías decir cuando mencionaste que salvaríamos las cosas de Essie? Si vamos a tener un apartamento…

–Creo que en el quinto piso, donde tienen los jacuzzis. Así podemos dejar uno donde está y construir el apartamento alrededor.

–¿Quieres decir que podemos usar las cosas de Essie en el apartamento?

–Algunas. Pero en realidad estoy pensando en otra cosa. Si nos llevamos todo lo que podamos sacar de esta casa, tal vez algún día podamos construir otra y ponerlo todo allí. Nos llevaremos lo mejor de la casa de Essie y lo usaremos como marco para nuestra propia casa. La nuestra… y la de nuestros niños.

–¿Niños?

–Sí, ya sabes. Personitas, ratitas de alfombra. A menos que tú no quieras.

–¿Tener hijos? Siempre he querido tenerlos.

–Bien –se separó un poco de ella y la miró a los ojos–. Pero para ser absolutamente sincero tengo que confesar que solo me caso contigo para que cuando nuestros hijos quieran oír las historias de Desmond Kerrigan y la tía abuela Essie pueda dejártelos a ti e irme a jugar al golf.

Ella sonrió.

–Pero cuando estés fuera no sabrás qué clase de historias les cuento. Historias sobre columpiarse en las puertas y mojar galletas de higo en leche… ¡Maldición!

—¿Qué pasa?

—El bote de galletas. Casi me olvido.

—No te preocupes por eso —se inclinó para besarla de nuevo—. El bote está a salvo. Se lo di a Eleanor para que lo volviera a llevar a la exposición y yo subí a tu oficina para llevarte abajo y enseñártelo, pero nos distrajimos.

—¿Pero cómo…?

—El ladrón se arrepintió de lo que había hecho y lo dejó en la emisora de televisión. Tenías razón. Debió de haber visto el programa, y eso fue lo que le dio la idea de robarlo. Carla me llamó y me dijo que podía quedarme con la gloria de devolvértelo si le concedía una exclusiva sobre la torre de apartamentos. Si no, lo traería ella misma y se llevaría todo el mérito de recuperarlo.

—Supongo que no le concediste la entrevista.

—Claro que lo hice. No podía perder esta oportunidad para ser tu héroe. ¿Ves lo que me has hecho? —la besó larga y suavemente—. Desde el primer momento en que te vi supe que me ibas a dar problemas.

—Y tenías razón, por una vez en tu vida.

—¿Sabes qué? —susurró contra sus labios—. En este caso no habría hecho otra cosa.

Bianca®...
la seducción y fascinación del romance

No te pierdas las emociones que te brindan los títulos de Harlequin® Bianca®.

¡Pídelos ya! Y recibe un descuento especial por la orden de dos o más títulos.

HB#33547	UNA PAREJA DE TRES	$3.50	☐
HB#33549	LA NOVIA DEL SÁBADO	$3.50	☐
HB#33550	MENSAJE DE AMOR	$3.50	☐
HB#33553	MÁS QUE AMANTE	$3.50	☐
HB#33555	EN EL DÍA DE LOS ENAMORADOS	$3.50	☐

(cantidades disponibles limitadas en algunos títulos)

CANTIDAD TOTAL	$ _____
DESCUENTO: 10% PARA 2 Ó MÁS TÍTULOS	$ _____
GASTOS DE CORREOS Y MANIPULACIÓN	$ _____
(1$ por 1 libro, 50 centavos por cada libro adicional)	
IMPUESTOS*	$ _____
TOTAL A PAGAR	$ _____
(Cheque o money order—rogamos no enviar dinero en efectivo)	

Para hacer el pedido, rellene y envíe este impreso con su nombre, dirección y zip code junto con un cheque o money order por el importe total arriba mencionado, a nombre de Harlequin Bianca, 3010 Walden Avenue, P.O. Box 9077, Buffalo, NY 14269-9047.

Nombre: _____

Dirección: _____ Ciudad: _____

Estado: _____ Zip Code: _____

Nº de cuenta (si fuera necesario):_____

*Los residentes en Nueva York deben añadir los impuestos locales.

Harlequin Bianca®

CBBIA3

BIANCA®

Un sola noche jamás sería suficiente...

La atracción entre el jeque Xavier Al Agir y Mariella Sutton surgió de manera instantánea y arrolladora. Pero para Mariella aquel hombre era terreno peligroso.

Xavier no tenía la menor intención de dejar de ser soltero... pero cuando aquella tormenta los dejó a solas en el desierto, la pasión se apoderó de ellos... Una noche que jamás podrían olvidar. Y ella, que siempre había soñado con tener un hijo, ideó un plan para hacer que aquella noche no fuera la única y así poder quedarse embarazada de él...

UNA NOCHE CON EL JEQUE
Penny Jordan

Tras la muerte de su esposa en un terrible accidente de coche, Cal Gentry regresó a casa a curar sus heridas y a buscar una niñera para su hija. Por eso cuando apareció la adorable y seductora Bella, Cal pensó que era la respuesta a sus plegarias... aunque jamás habría pensado que despertaría en él aquella pasión arrolladora. Sin embargo, Bella había traído consigo el peligro al rancho de los Gentry... aunque lo más peligroso seguía siendo dejarse perder en los brazos de Cal. ¿Podría aquella pasión curar las heridas de los dos?

Al calor abrasador de Texas...

Eran duros y fuertes... y los hombres más guapos y dulces de Texas. Diana Palmer nos presenta a estos cowboys de leyenda que cautivarán tu corazón.

Harden Tremayne y Miranda Warren se sintieron atraídos nada más conocerse, pero ambos lucharon contra sus sentimientos.

Ella había perdido a su marido y al hijo que esperaban en un accidente de tráfico, y todavía no había superado la tragedia.

Él odiaba a las mujeres. Jamás podría perdonarle a su madre que fuera hijo ilegítimo ni tampoco que lo obligara a romper con un amor de juventud; porque esa era la razón por la que su joven novia se había suicidado.

La batalla iba a ser dura. Pero solo dando una oportunidad al amor, podrían ser felices estos dos corazones solitarios.

DIANA PALMER

Harden

Unos texanos altos y guapos...